旅者行思

梁咏峰　著

中国商业出版社

图书在版编目（CIP）数据

旅者行思 / 梁咏峰著 . —北京 : 中国商业出版社，2022.12

ISBN 978-7-5208-2280-0

Ⅰ. ①旅… Ⅱ. ①梁… Ⅲ. ①游记—作品集—中国—当代 Ⅳ . ① I267.4

中国版本图书馆 CIP 数据核字（2022）第 204372 号

责任编辑：杜 辉

中国商业出版社出版发行

（www.zgsycb.com 100053 北京广安门内报国寺 1 号）

总编室：010-63180647 编辑室：010-83118925

发行部：010-83120835/8286

新华书店经销

三河市龙大印装有限公司印刷

*

710 毫米 ×1000 毫米 16 开 13.5 印张 140 千字

2023 年 1 月第 1 版 2023 年 1 月第 1 次印刷

定价：55.00 元

* * * *

（如有印装质量问题可更换）

前　言

“我来这个世界，不是为了繁衍后代。而是来看，花怎么开，水怎么流，太阳怎么升起，夕阳何时落下。我活在世上，无非想要明白些道理，遇见有趣的事。生命是一场偶然，我在其中寻找因果。”这段话道破了我对生活最真挚的信仰与追求。我在读到这段话时，有一种惺惺相惜的感觉，庆幸在精神世界觅得一位良师。

在物质生活丰富、精神生活匮乏的环境中，那些关于诗和远方的理想成为生活中最美的光，朝着它走，眼下的苦才会觉得甜。

旅行于我而言是一种生活态度，在旅途中邂逅千山万水、花开花谢、日出日落，还有那些琐碎的经历。我将旅行视为修行，而旅行也让我行有所思、思有所果，而果能小成、成能惠人。我期待着与爱人，一起阅尽繁华，一起归隐山林。

我在东北的乡村长大，年少时没见过什么世面；高中毕业后第一次进到省城，初识天地；后于天津求学，眼界渐开。或许是因为多读了几本书，我骨子里有了一种远行之念，对陌生的地方有着美好的向往。大学期间，我总去不同的地方旅行，也因各种事宜，去了陕西、山东、北京、江西等地。2007 年我有幸参加全国大学生骨干培训，作为大学生代表赴香港交流。

那次交流使我身心震撼，归来后我的思想认知骤变，对此后的人生该何去何从有了新的思考。我辗转无眠数日，略有开悟，立下人生规划，以求行远。时至今日，我的人生并无偏离最初的规划，我也常引以为傲。工作10余年，我遍游祖国大好河山，自2013年起开始出国旅行，至今游历40余个国家。

旅行之初我是想看看这世界的宽广，阅尽自然风光之后，我的心中渐渐不再有新奇之感，开始去体味“读万卷书，行万里路”的内在之意。这两年慢慢回味那些沉淀在内心的过往，我发现旅行中那些山山水水如云如烟般笼罩在我的思绪中。尤其是旅行中的一些曲折之事时常浮现脑海，快乐反而不容易被铭记，倒是被克服掉的困难更容易让人产生成就感，在记忆中也会有更深的烙印。这些经历着实让我心智更为成熟，在潜移默化中影响着我的人生观的转变。

我觉得或许这才是旅行的真正意义。但这需要一定量变的积累，浅尝辄止的旅行是无法领略到这一层面的，因为身心的愉悦大都会瞬间即逝。

一个人独自旅行得多了，我便开始迷恋旅行中的孤独感。一个人在陌生之地，看着陌生的人，可以肆无忌惮地放空，可以百无聊赖地沉寂。静候旅行中好的与不好的事情发生，在某个瞬间悟得旅行的意义似乎也是一种修行。

我早有行文立书之想，不为留芳，只是想给过往所行、所思一份交代。若因文字得寥寥知己，更为幸事。此前我也曾写过较多文字，先是流水账般的旅行日志，后是心中偶起的感悟之言，并未成篇幅之作。我总想于年迈之时，择一处荒野田园，再行文叙尽过往。但现因新冠肺炎疫情影响，无法旅行，便起意梳理过往，浅谈内心之感，寻一丝慰藉。

本书中的文字也有早期的文稿，只做了一些简单的修改，整体行文水准和风格略有差异，也会有很多想法前后不是统一的，但这也刚好是我思想不断进步的真实体现，索性就不再大幅度修改。关于此书行文的整体构思，除陈述旅行中的点点滴滴外，更多想讲述我在旅行中的内心感悟以及后来的一些思考。

我会尝试剖析、阐述自己一直在研究的关于人的需求与人性之间的关系，虽然是不成熟的理论，但也是旅行给自己真实的触动。我也常以自己的某种行为去分析自己的内心需求，试着去触达内心需求背后的真相，并试图建立需求与人性之间的一种分析方法论，使我能够更好地认知自我。

在我看来，只有知道自己要什么，才能真的知道自己该做什么。这在某种意义上属于心理学或哲学范畴，但也是我所爱。我曾思考过的很多东西，在后来读的哲学著作中都找到了些许的印证。这也引起了我对哲学的爱好，未来有机缘我也会尝试在这个领域深造，以悟己惠人。

本书行文中涉及一些人和事，为表达一些理念和思考对事物进行了些许重构，甚至虚构。世上之事本就处于虚幻和现实之间，一说一念，不必过于认真。听之，乐之，甚好；触之，悟之，更好！

目　录

| 第一篇 |

海外自驾

一、美国西部自驾

首先讲述这次旅行是因为美国西部自驾之旅是我第一次出国旅行，也是对我影响最深的一次旅行。在某种意义上，它是我旅行人生真正的起始。

这次出行也是意料之外，甚至那时还没有要出国旅行的想法。一个朋友“蜗牛”约了几个“驴友”自驾去美国西部，本来一行 4 人，后其中一人临时取消出行计划，但自驾行程都是按照四个人预定的，而且其余 3 人都是女生，她们希望有个男生同行，于是“蜗牛”问我是否有意愿。但她也没有抱太大希望，因为距离出行还有一个月左右的时间，我连护照都还没有。但在我收到她的邀约时，还是毫不犹豫地决定尝试一下。

那时美国签证是很难办的，需要到北京面签。在“蜗牛”的帮助下，我顺利地办理了护照，并完成了面签预约。到大使馆面签的时候我极其忐忑，搜肠刮肚地在想曾经学过的那些英语单词。看着前面的人被拒，我带着恐慌的心情站在面签官前，不知所措。结果面签官全程用中文和我交流，简单问了几个问题后便告诉我通过面签了，那一刻我开心得想跳起来。

面签通过后，按照“蜗牛”的行程预订了各程机票。我们于 2013 年 9 月 23 日从北京出发，在日本东京成田机场转机到美国洛杉矶，自驾行程一共 21 天。这是我唯一一次作为跟随者的旅行，虽然已经过去八九年了，但仍记忆犹新。

落地洛杉矶时已经是傍晚了，“蜗牛”提前预订了机场到酒店的班车，我在混混沌沌之中就开始了正式的旅行。初到洛杉矶，完全颠覆了我对美国的想象。那时候在我的观念中的繁华应该就是成群的高楼大厦，可是洛杉矶像一张平铺的煎饼，整个城市只有 CBD 区域耸立着几栋高楼。无论在城市哪个角落，都可以看到那几栋孤立的高楼，夜晚的霓虹灯也并不璀璨。

对于这些陌生的景象，我依旧兴致盎然。办好酒店入住之后，我便迫不及待地拉着“蜗牛”下楼走走，我太过急切地想走进这座城市。当时大约是晚上 9 点，街边的店面基本都关门了，一个街口处有一家餐厅依旧营业，我和“蜗牛”便打算过去吃点东西。餐厅的顾客稀少，只有两三个刚下班的市政工人。他们穿着黄色的制服，一身的尘土。

餐厅主营牛肉三明治，煮好的大块牛肉切成片，和蔬菜、芝士夹在面包中，再简单烘烤，很类似现在的 Subway（赛百味）。我吃得津津有味，同时默默地观察着偶尔进出餐厅的人员，猜想着关于他们的一切。旅行没过几天，我便厌倦了这类食物，宁可每天吃一份蔬菜沙拉、啃面包，也不想吃汉堡、三明治这类食物，我对于美国这些简单至极的西式食物实在没有任何怀念。

我对这次旅行的饮食还有记忆的包括拉斯维加斯的海鲜自助、一座小城中的中餐、一个小镇牛仔餐厅的牛排。我在饱受饮食不合口之苦后，在之后的很多旅行中我都会带很多中国食物，其中挂面和豆瓣酱是必备品。我会选择一些民宿或者带厨房的酒店，自己下厨慰藉自己的中餐胃。

我和“蜗牛”吃过晚餐走回酒店时，看见一间小商店还在营业，我们便买了草莓、牛奶。因为时差的原因，美国和中国的时间刚好是日夜颠倒。回到酒店后，我毫无睡意。“蜗牛”吃了安眠药开始入睡，我只在天快亮的时候才睡了一会儿。

那时候的手机功能还比较单一，没有如今这么多花样。在我的印象中，当时微信还没普及，人们还习惯于使用 QQ。当时 Wi-Fi 更没有普及，我们自驾全程都是用在国内事先租好的 GPS 进行导航。我的手机号码开了国际漫游，在洛杉矶的时候手机还有些信号，离开洛杉矶之后，手机就再也没有信号了。

后来发现，在我“失联”的 21 天里，我曾经以为没我不行的事情依旧在有序运转，原来放不下那些事情的只是我自己。有很多人和我讨论起哪有那么多时间去旅行时，我总会将这件事讲述给他们。其实，这个世界不会因为某个人而存在，地球没有了谁都会正常运转。或许学会放下，才是学会享受生活的真正开始。

第二天，我们和其中一位在洛杉矶的“驴友”会合，我们称她为北京大妞，简称大妞。我们约好一同前往位于郊区的一个商场，对于那个商场我现在已经没有多少印象了，我只记得“蜗牛”在里面逛得很开心。我们和大妞在商城逛到中午便分开了，她去了环球影城，我和“蜗牛”去了星光大道。在星光大道上，有很多中国旅行团，还有很多装扮成经典电影人物的人拉着游客拍照。

我和“蜗牛”并没有过多游览这里，我们快速地绕到星光大道后面。我们看到了一座小山，“蜗牛”说爬上这座小山可以看到好莱坞的标志。后来我查实这座小山应该位于格里菲斯公园中。我随着她一路寻找着公园的入口。“蜗牛”的英语比较好，她一路问下来，很幸运地遇见一位当地大叔，他刚好要去那里徒步，我们便和他同行。“蜗牛”一路都在和他聊天，我什么都没有听懂，那时英语对我来说只停留在过往的书本中。

山顶有座天文台，在那里可以远远地看到对面山上竖立着“Hollywood”（好莱坞）字样的招牌，那是一个时代和一种文化的标志。下山后我们才和大叔分开。“蜗牛”告诉我，这位美国大叔原是一个演艺公司的经纪人，好莱坞的顶峰时期已经过去，他赋闲在家，就住在附近的公寓。我和“蜗牛”吃过晚饭回到酒店，一天下来虽有困乏，但还能坚持，晚上却是依旧无法安睡。

第三天我和“蜗牛”去了帕萨迪纳小镇，“蜗牛”说这里是美剧《生活大爆炸》的拍摄地。那时我并不知道那是个什么剧，后来回国后看了才知道原来是室内情景喜剧，剧中很难发现这座小镇的影子。

我们乘坐小火车往返，小火车有些老旧，上车也不需要检票，买票全靠自觉。据说一旦发现逃票将会记入信用记录，所以鲜少有人去冒这种风险。我们到帕萨迪纳小镇的时候是周日的上午，店面全部关闭，街上很少见到人。小镇并不大，我和“蜗牛”随意地走着，后来我们在一个小公园停下来休息。

我们坐在公园中的秋千上，当时是9月底，秋意渐浓，小草虽然还绿着，但枯黄的树叶已经落满了地面。不远处一位母亲带着两个孩子在玩耍，大的看起来有四五岁，不知疲倦地玩着滑梯；小的似乎刚会走，还走不稳，身后一条长长的带子攥在他母亲的手里。那位母亲在一旁看着书，时不时抬头看看孩子们。小的若是要往高处爬，她便拉起攥在手里的带子，把他拖下来。我看着这一幕若有所思。

一些家长对于孩子可谓是“含在口里怕化了，捧在手里怕摔了”，他们力求给予孩子精心的陪伴。而眼前的这位母亲倒是怡然自得，她拖拽孩子的时候甚至看起来有点暴力，但小孩子依旧乐此不疲、不哭不闹。

2014年十一假期，我在澳大利亚自驾旅游，在从卡卡杜国家公园徒步去吉姆吉姆瀑布的途中，我遇见了带着不到一岁的孩子旅行的比利时夫妇。那个小孩子被背在背袋里，山路险峻，但是那对父母和孩子却都兴致盎然。枯水期的瀑布下面有两个湖，其中一个可以游泳，另外一个据说有鳄鱼出没。夫妇二人轮番在湖中戏水，小孩子坐在水边兴奋地拍着水。

这两种情景让我对未来的育儿生活有了些许期待，我不愿自己的生活被挟制，更不愿意被定义。我想寻求一种和谐相处的方式，这对于父母和孩子来说就是一种幸福。

因为我连续两晚没有睡好，疲惫异常，在回洛杉矶市区的小火车上站着便睡着了。“蜗牛”担心我身体扛不住，便同我回酒店休息。我昏睡了3个多小时，一点知觉都没有。日落的时候被“蜗牛”叫起来，简单吃了晚饭之后我又继续睡觉，一直到早上，时差才倒过来。只是“蜗牛”一直借助安眠药入睡，时差并未完全适应，她后面几天停了安眠药，才逐渐地适应过来。

第四天我和“蜗牛”拿到事先租好的车，接上大妞，我们开往盐湖城。我们先到盐湖城机场接上最后一位“驴友”，我们叫她表姐。我们主要的行程都是她制定的，她制作了各种表格。接上表姐后我们并没有在盐湖城做过多的停留，我们去了一座教堂。在出城之前，我们去了肯德基的第一家餐厅，这家餐厅就在出城公路的边上。

肯德基餐厅是美国汽车文化的内容之一。肯德基创立之初没有汉堡，只有炸鸡和三明治，国内的肯德基是经过中国化演变的，当时在中国盛行的很多品类在美国的肯德基餐厅根本没有。我们在肯德基简单吃过午饭，便直接开往大提顿国家公园。这个公园和黄石公园连在一起，两个公园的门票也是通用的。但门票并不是按照人头收费，而是按车收费。有了门票，三日之内可以随意进出，公园的门口也没有检票的人员。

到达大提顿国家公园会路过杰克逊小镇，我们在小镇做了停留，去超市买了几天需要的食品，给车加满了油。小镇距离公园大约 20 公里，小镇里有很多游人，大都是去这两个公园的游客。

小镇以麋鹿为特色，广场上有一个鹿角搭建的拱门。大提顿国家公园里有很多野生动物，麋鹿和野牛随处可见。在黄石公园外的另一个小镇，麋鹿为患，麋鹿成群结队地在小镇里自由行走，时不时地进入居民家中翻找食物，小镇居民饱受其苦。依照法律规定，居民不能暴力驱赶它们，只能报警求助警察，很多居民不堪其苦搬离了小镇。

在大提顿的山脚下只有两家酒店，我们在傍晚前到达位于大提顿国家公园门口的木屋酒店。从我们到达大提顿国家公园这一天起，我便对美式食物失去了兴趣，晚上只吃了一点蔬菜沙拉和面包。但我喜欢上了这里的水果和牛奶，超市里一种红色的小苹果又便宜又好吃，只需 0.99 美元便可买一大袋。之后我去欧洲和澳洲一些国家的时候，在超市里也看到有卖这种小苹果的，但口感不太一样，价格也要比美国的贵一点。之后我再去美国旅行的时候，到超市也一定会买上一些这样的小苹果。美国的牛奶和果汁都很便宜，甚至比水还要便宜，我一路基本都以牛奶代替水。

大提顿国家公园是我至今怀念的风景胜地，或许和这个公园是我第一个真正走入的国外山水之境有关系。后面我去了 3 次美国都没能再去大提顿国家公园，本来计划 2020 年自驾 66 号公路的时候再去看看，后来因为新冠肺炎疫情也取消了行程。有时候我会纠结要不要再去，不知道已阅过更多自然美景的我，再见大提顿国家公园的时候会不会破灭了那些曾经的美好记忆。在旅行中渐渐思绪通透的我，后来也不再去计较这些，奉行一切随缘、随心。

表姐很喜欢拍日出和日落，起初我不太理解，直到她带我们看了一次日出。初升的阳光洒在雪山上，映红了一片，这一幕刚好倒映在湖水中，形成水天相映的和谐画面。安静的清晨，森林中偶尔传来几声鸟叫，婉转在耳边。置身在这样的景致之中，让人无法不沉迷。

后几天我也起得很早，和表姐去看日出，虽然我们没再见到如此惊艳的景色，但我依旧期盼着。因为我不喜欢早起，所以我没有把欣赏日出作为自己的旅行必选项。但和表姐看的那几次日出却激发了我对自然景观之美的追寻，以至于我在之后的旅行中总会刻意地去寻找日落的景致。

我们安排了 3 天时间在这两个公园，其中有两天都是在大提顿国家公园。我们在公园里寻找各种动物，看到了棕熊在路边觅食、狼在草原上前行、小鹿在清晨的溪边饮水、成群的野牛结伴向前……我享受的是在雪山之间的草原公路上肆意地开着车，湖泊成群，美景如画，随便在哪里停留都足以让人流连忘返。

大家疲乏了就躺在小溪边的草地上，晒着太阳眯上一会儿。不远处有一座房子，里面人头攒动，时不时看到几个小孩子跑进跑出地玩耍。我对这一幕产生了浓厚的兴趣，忍不住前去探个究竟。我站在院子门口观望，一群大人在院子的草坪上布置着餐桌，周边还用了很多气球和装饰品做点缀，像是在迎接什么节日，也有可能是他们的周末聚会。

我们在黄石公园只停留了一日。黄石公园是世界上第一个国家公园，在公园的西南部，遍布着各种间歇喷泉、温泉、蒸气池、泥地等景观。其中最著名的就是老忠实间歇喷泉和大棱镜热泉。

老忠实间歇喷泉因常年规律性喷发而得名，每隔一段时间会持续喷发四五分钟，水柱高达 40 余米，从未间断过。游客中心根据其喷发的时间规律，会给出每天的观赏时间表。我猜测应该是地下热水活动，每当压力达到峰值，便会迫使水流喷涌而出，来释放地表下面的压力。作为一种自然现象存在，的确会让人感到震撼。我后来在冰岛也看到了这种间歇性喷泉，但没有老忠实这般壮观。

大棱镜热泉堪称“地球最美的表面”，各种矿物质在这一片泉水及周围沉淀出蓝、绿、黄、橙、红等不同的颜色，像是画家有意涂在镜面之上的色彩。俯瞰大棱镜热泉是最好的选择，需要爬到位于对面的一座小山坡上，上面并没有路，堆积了很多枯死的树木和碎石。由于经常有游客来这里俯瞰大棱镜热泉，在山坡上能够明显地看到游客走过的痕迹。

我和表姐两个人爬到了山坡上，“蜗牛”和大妞两个人选择绕着大棱镜热泉徒步。当大棱镜热泉尽收眼底之时，我才真正体味到它那“不食人间烟火”的俊美。湖面一直散发着热气，仿佛是它随风飘动的衣摆。我们对着“蜗牛”她们大声呼喊，两个外国友人也凑热闹一起呼应，最后回荡在空中的是一群人爽朗的笑声。

离开黄石公园的那天早晨，我们特意绕到大提顿国家公园又看了一次日出。由于换了一处观景点，太阳升起来的时候过于灿烂，没有映红云和山，但日出的景象却依然清晰地映在湖面。那一刻我在心中真诚地说了一句“再见”，而且我当时就知道，一定会再见。

接下来几天的行程我记得没那么清晰了，只记得我们去了羚羊谷、马蹄湾、布莱斯峡谷。羚羊谷位于亚利桑那州，我们一大早赶过去，等着中午 11 点去吃午饭。我们在街上逛了好久都不见一家营业的餐厅，我们一度以为餐厅都倒闭了。后来遇见行人才知道，亚利桑那州的时间晚了一个小时，我们认为的 11 点只是当地的 10 点。

吃过午饭，因为事先没有预订到进羚羊谷的团，我们便找了一个当地人开车带我们进去。羚羊谷属于当地居民的保护区，是不能随意进出的，必须有当地的旅行社或者是当地人带领才能进入。那位小哥开了一辆越野车带我们进峡谷，仿佛开了一个过山车一样。他娴熟的车技让我们在高低起伏的山地中如履平地，车速极快，有时车几乎直立了起来，而且这里根本就没有路。

我们兴奋地叫喊着，那位小哥也更加有了兴致，他说这算是我们包车进谷的独有体验项目。羚羊谷是洪水侵蚀和风蚀在沙漠中形成的独特地貌，因常有羚羊来此而得名。在谷底行走，触摸着如同精心打磨过的谷壁岩石，细小的沙粒凝结在一起，像被定型的波浪，又像摆动着的绸缎。阳光透过缝隙照射到谷底，橘红色的岩石更加鲜亮，峡谷中的光影仿佛是跳动的旋律，让人忍不住随之起舞。

我们在马蹄湾和布莱斯峡谷都只做了短暂的停留。据说马蹄湾每年都会有人坠崖，但每年依旧会有很多人来这里一探究竟。布莱斯峡谷是风蚀形成的石林，据说是看日落的好地方，只是我们没等到日落便赶路离开了，更多的原因也有着几天下来的审美疲劳。

有一晚我们住在一个小到几乎可以一眼望尽的小镇里。我们开车进入小镇的时候就看见一家餐厅门前排着长队，我们几天都没有认真吃东西了，所以决定入住之后来此饱餐一顿。这便是我之前提起的牛仔餐厅。

我们排了半个小时左右的队才进入餐厅。夜色初起，餐厅里有个驻唱的牛仔歌手。他弹着吉他，歌声浑厚而明快。餐厅里很拥挤，我们4个人坐在一张很小的桌子旁。我在“蜗牛”的帮助下点了一份牛排。我本不喜欢吃大块的肉，对牛排一直都是有些抗拒的，但这个餐厅的牛排让我至今难忘。牛排烤得外香里嫩，牛肉的香气在口舌之间缠绵，那一刻我有点儿想留在这个小镇。

离开小镇我们去了波浪谷。波浪谷实际是指亚利桑那州北部朱红悬崖的帕瑞亚峡谷，砂岩在自然的作用下如同波浪一般，所以人们也称之为波浪谷。这里每天只允许20位游客进入，需要在网上或者当地国土局管理办公室抽签来确定可以进入的人员名单。有很多人为了能够进入景区，宁可在这里等上几天。我们几个抱着随缘的心态，没有抽中之后我们就启程直奔拱门国家公园。

这一路上基本都是我开车，我也很享受这一过程。在后面的很多次旅行里，我都会选择自驾，自由而随意。美国西部的公路就像我们在电影中看到的一样，笔直地延伸在戈壁和山谷之间，似乎没有尽头。路边有星星点点的灌木丛，路上没有什么车，偶尔有一辆大卡车呼啸而过。

正午的太阳炙烤着柏油路，路面泛起的层层热浪清晰可见。她们三个都在打盹儿，我沉浸在这种安静中独自欢喜。我听着音乐放肆地开着车前行，已经忘了关注车速。忽然间，一辆警车从路边灌木丛中驶出来，跟随在我的后面。我下意识地看了一眼仪表盘，知道一定是因为超速被发现了。我降低车速，叫醒“蜗牛”。我说明情况后，“蜗牛”告诉我不要紧张，观望一下看看。

警车尾随了一会儿便鸣笛，“蜗牛”告诉我要靠边停车，叮嘱我双手一定要放在方向盘上不要动。我整个人紧张不已，手放在方向盘上一动不敢动。警察走过来敲车窗，我落下车窗，“蜗牛”和他交流。警察看了我的驾照之后开了罚单，“蜗牛”本想靠卖萌争取宽大处理，但警察丝毫没有动容。

再次启程我有些后悔，那种飘逸的心态早已烟消云散。她们几个不断地安慰我，我调整了心态，控制好车速，我也不希望这种小插曲影响到我对旅途的享受。练就了这种心态，我也会淡定地面对很多生活中不讨喜的小插曲。过多地去纠结，会让自己陷入一种死循环。2014 年国庆假期我在澳大利亚自驾旅游的时候，也因超速被开了罚单，同样的桥段又演绎了一遍，我在淡定中多了几分自嘲。

到达拱门国家公园的时间有些晚了，因此我们决定直奔那个经常出现在地理杂志或旅行杂志中的传奇拱门状岩石，这座公园也因它而得名。我们下车后还需要徒步半个小时才能到达那里，我们无暇仔细看途中那些大自然雕刻的艺术品。表姐提议第二天早上来看日出，之后再仔细游览一番。

美国的自然公园基本都没有什么安全防护措施，更没有很多的人为改造痕迹。我们走到观景地点的时候，已经有很多人举着长枪短炮般的相机占好位，等待着日落时分的到来。我们四个人各自活动，“蜗牛”选择了一个位置坐下了，我躲开人群在周边信步闲逛。

太阳慢慢地沉下去，天边没有一丝云，岩石还留存着太阳晒过的温暖。远空中有一只鹰在翱翔，我试着用相机去捕捉它。忽然间，人群一阵惊叫，“蜗牛”顺势抱住了我的腿。我还没缓过神，“蜗牛”便说有个人掉下去了，好像还是个中国人。我安慰“蜗牛”不要紧张，说我过去看一下。

这里有很多中国游客，我上前问了一个中国游客，他说是有个中国人掉下去了。我转身走向“蜗牛”，跟她说我下去看一下，让她不要紧张，她再三叮嘱我注意安全。我绕到岩壁缓坡慢慢地走下去，到下面的时候已经有一对美国夫妇和一个中国男生在那里了。在我之后一对德国夫妇也下到了谷底帮忙救援。掉下去的那个人躺在地上，流了一摊血。

他们在不停地喊着那个伤者，我走上前问了一下那个中国男生情况，他告诉我说人还活着，就是不知道伤到什么程度。那个伤者跌落下来的时候中间刚好有块石头接住了他，他才又跌落到谷底。美国夫妇已经打了急救电话，说是附近的医院已经派直升机来救援了。我走到坠落下来的男生身边，一边喊他，一边从口袋里拿出纸巾帮他擦拭。

他膝盖骨位置明显偏移，看样子应该是双膝先着地。过了十几分钟，他渐渐有了点意识，不停地说“眼镜在哪里？”，我便起身帮他寻找。在不远处我看到了他的眼镜和一块手表，我帮他捡回来放到他身边，他意识渐渐清晰些了，不断地问自己在哪儿。我试着和他聊天，让他冷静，告诉他救援人员很快就过来了。他的意识又清晰了一些时，身体开始不停地发抖。我们问他怎么了，他说感觉很冷。

我犹豫了一下，脱下刚买的冲锋衣裹在他身上。“蜗牛”见我一直没有上去，便在上面喊我，问情况如何。我便告诉她人没什么事就是有些冷，“蜗牛”便把她的围巾从上面丢了下来，并告诉我那个男生的同伴和她们在一起，也是一个女生。我让她们在上面等一会儿，救援飞机应该很快就到了。

此时太阳已经落下去了，天际只有一丝光亮。大概又过了半个小时，天已经全黑了下来，不多时一架直升机在附近盘旋寻找降落地点。在我们的引导下，直升机顺利地降落在谷底。救援人员简单处理了一下伤者的伤处，便用担架将伤者抬上了飞机。救援人员给我们留了医院的地址。

直升机飞走后，我们 6 个救助人员一边聊着一边按照原路走上去。上去之后，“蜗牛”和其他的几位救助人员聊了几句。那个和坠落下去的男生同行的女生依旧在，我们把医院的地址给了她，她很无助地看着我们说她不会开车，一路都是那个男生开车。我和她们3个简单商量了一下，我帮助这个女生开车到医院，“蜗牛”开我们的车跟着。这里距离医院有300多公里，开车需要近4个小时。

那个女生叫蓓儿，在车上，她和我聊起了他们的这次旅行。她和那个男生是同事，他们结伴自驾旅行，刚到美国两天。她一边不停地说着感谢的话，一边抱怨那个男生不知道注意安全。原来那个男生是因为想找个好的拍摄地点，试图跳到下面的一块岩石上，结果没有站稳才意外滑落下去的。他穿了一双鞋底没有纹路的皮鞋，蓓儿提醒他几次，他都说没关系，结果酿成了这样的祸事。

到达医院的时候已经快夜里12点了，我们和值班护士说明了情况，她便把我们带到了病房。那个男生的伤口已经被包扎好，他躺在病床上，面部肿胀得十分厉害。我和“蜗牛”给他的衣物已经被医生剪开丢在病床边上，上面染满了血迹。我和“蜗牛”知道我们的衣物已经没有价值了，便没再理会。

“蜗牛”问了一下主治医生——一位孕期的女医生，她耐心地告诉我们，伤得不严重，不用担心，伤口基本都处理好了，但是脑腔里有些存血，明天需要手术。我一直很诧异医院从来没有提任何有关收费的事情，“蜗牛”对美国有些了解，她说美国的医院对于这种情况，一般都是先救治，再缴费。

美国居民基本都有医疗保险，有一些没有医疗保险的人在救治之后偷偷跑掉的情况也时有发生。后来，在一次欧洲自驾旅行中，一位同行

“驴友”生病，我们四处求医的经历让我了解到，欧美的医疗资源还是比较紧缺的。医院对于这种涉及人命的救治会毫不犹豫，但是一些日常生病治疗是需要预约的，而且要等很久。如果到医院临时门诊看病，那么需要花很长的时间排队。

我们离开医院在附近找了一家速 8 酒店住了下来，蓓儿留在医院陪护。后来蓓儿也成了我的“驴友”，2016 年中秋的时候我们一起自驾去了加拿大班夫国家公园。

第二天我们找了一家中餐馆饱餐了一顿，然后我们开始赶路去拉斯维加斯，那里是我们这次自驾旅行的终点。表姐和大妞要去墨西哥的坎昆，我和“蜗牛”要去旧金山，然后坐火车去西雅图。

我们在路上继续聊着这件事，我们都对未能畅游拱门国家公园抱有遗憾，希望能够再来一次。表姐说她把这件事发了微博，有媒体联系了她，想要针对此事采访一下我们。我建议不接受采访，避免侵犯那个男生的隐私，她们也都赞成。后来我们在国内的媒体上也看到了相关的新闻报道，描述为中国游客私自攀爬导致坠落崖底。看到新闻之后我才知道那个男生坠落的地方落差有 20 余米，要不是那块石头接住了他，恐怕真的会没了性命。

回国之后我和蓓儿一直都有联系，一年多后那个男生在蓓儿的建议下，一起去济南请我吃饭。男生带了小礼物表达了谢意，蓓儿说她有提醒过这个男生买一件新的冲锋衣给我，但也不知道为什么他没有买。我对蓓儿说，这些对我来说并不重要。时隔这么久，我都没有想过他会当面和我说声感谢，或许他有他的难处，谁都不喜欢把过往的痛苦揭开。

对我而言，值得我铭记的是这段经历，而不是我救助过谁。那之后，我和那个男生再也没联系过，他只停留在我的故事中，对我来说足矣。

我们在去拉斯维加斯的路上，去了大峡谷，这也是我们最后的一个目的地公园。我们简单徒步了一圈，继续赶路。到达拉斯维加斯的时候已经快晚上 9 点了。拉斯维加斯的夜景真的很令我震撼，我们一路在漆黑的高速上行驶，忽然间看到远处灯火通明、霓虹闪烁。我们下了高速进入城市的时候，城市中依旧车水马龙，那些奢华酒店的射灯在黑夜中指向天空、不停摇摆，像是摇曳生姿的舞娘。这座在沙漠中建起来的城市，纸醉金迷的气息扑面而来，让人莫名地亢奋。

我们比原计划提前一天到达拉斯维加斯，在这里待了两天。我们把大部分时间都用在了城市边上的奥特莱斯里，我们在那里还遇见了和我一起救援的那对美国夫妇。拉斯维加斯是个不夜城，晚上最为热闹。那些奢华的酒店相互通联，游人可以任意穿梭，威尼斯人酒店在这里最负盛名。

我们 4 个人分开的时候，我说希望我们以后还能保持联系，有机会再次一起出行。表姐笑着说，她和很多“驴友”一起旅行过，都曾立下了这样的约定，但基本都没有实现过。当时我抱有希望地说“也许我们会不同”。回国后我们保持了一段时间的联系，表姐至今在我的微信好友里，只是不再联系了。回国后不久，我和大妞谈了半年的恋爱。她是北京姑娘，我当时在北京读在职研究生，每个周末都会到北京上课。但我们因为聚少离多经常吵架，也就分开了，断了一切联系。

我们在拉斯维加斯分开后，我和“蜗牛”飞往旧金山。但是因为机场客流量较大，过安检时间很长，我们误了航班，行李被拖运走了。有惊无险的是航空公司为我们安排了一个小时后的另外一班飞机。那次是我至今唯一一次误机，回想起来总会觉得有趣。

下了飞机，我们在机场行李处找到了先到的行李。我们在旧金山只停留了半天时间，随后我们坐晚上的火车去了西雅图，沿着西海岸北上。这条路线堪称美国最美的铁路路线。

到了西雅图后，我们把行李存放在了火车站，然后在城市中漫步。巧的是我们在这里遇见了和我一起救援的德国夫妇。我本想去看横跨旧金山湾的金门大桥，但是雾气太重，我只看到它在雾中若隐若现的影子。

我们走累了，就在位于海边的一个小广场边上坐下了。成群的海鸥飞来飞去，寻求人们手里的食物。在火车站候车的场景我依稀有些印象，感觉那个火车站很像《生活大爆炸》中谢尔顿出走时的火车站。去西雅图的火车之旅也是我在美国唯一一次坐火车，美国铁路系统并不发达，交通主要依赖飞机和汽车，这也是美国生活的一部分。

我和“蜗牛”预订的是两人一间的双床卧铺，火车虽然略陈旧，但还算舒服，车票中包含餐食。一觉醒来的时候，我感觉很冷。我向窗外看去，火车穿行在海岸线与森林之间，太阳在海面缓缓升起，金色的阳光铺满了海面，随着波浪荡漾着。我呆呆地看着，像是注视着清澈的眼眸。

洗漱之后，我和“蜗牛”裹上羽绒服去餐厅吃早饭。餐厅里只有一对父女在吃早饭，小女孩有三四岁，穿着单薄的裙子，金黄色的头发凌乱地梳成一个小辫子，这应该是她父亲的杰作。

“蜗牛”征得这位父亲的同意后，我们便坐在同一张餐桌上。“蜗牛”

和他闲聊起来，我一直很感兴趣这个小女孩穿这么少会不会觉得冷。“蜗牛”问了她父亲，他回答说这是她的意愿，多穿一件她都嫌热。吃饭的时候“蜗牛”继续和那位父亲聊着，我一直观察那个女孩，猜测她会不会觉得冷。

我和“蜗牛”在西雅图只停留了两日。这次行程的后期我渐渐有些倦了，内心已经盼望着回去，可是要告别的时候却又有些不舍，便把这情感留给了西雅图这座城市。本来计划去附近的一个国家公园，但我和“蜗牛”兴致都不高，索性就在城市里慢慢地走。

在我的印象中，我们去了派克市场，光顾了位于市场 1912 号的星巴克第一家店。店外面有一支街头乐队唱着他们的歌，一只大狗慵懒地躺在一侧，尽情地享受着秋日阳光的温暖。这家店于 1971 年开业，原本是卖咖啡豆的，装修得也如仓库一般。店里没有座位，很多人拿着咖啡在角落里聊着天，寻找着星巴克最初的味道。

店里所有用品和纪念品依旧用着星巴克最原始的 Logo（标志），我买了杯子作为纪念。我在之后的旅行中养成了一个习惯——每到一个城市就要去星巴克店内买这座城市的城市纪念杯。现在我的家里面堆积了七八十个杯子，都摆放在我的书房的书架上。我看到它们时，总会想起些许关于旅行的美好。

在西雅图，我和“蜗牛”还去了波音的飞机博物馆、城市中央的太空针塔和雕塑公园。我们在大街小巷中穿行，在这座城市里感受着当地的生活气息。“蜗牛”当时还说，她以后想来西雅图生活。后来她到美国待产，去了洛杉矶。

我在 2016 年自驾去加拿大班夫国家公园的时候，特意在西雅图转机停留了一日，又一次走了我曾经走过的地方。那时候电影《北京遇见西雅图》已经上映，我在电影中找到了这座城市的影子，在这座城市中也找到了我的影子。

结束了美国西部自驾游，我从此开启了真正的旅行生活。接下来的几年里，我每年会出行四五次。我所有的假期都用来旅行，哪怕再短暂的假期，我也会努力出去旅行。

二、北美琐事

自驾旅游了美国西部，我便在心里埋下了一颗种子，对北美也多了一份情愫。

北美不只有我的旅行回忆，这里还有很多牵绊了我很久的琐事。从2014年开始，我每一年的元旦都在国外度过，直到新冠肺炎疫情开始才停止。2020年元旦，我曾一个人在新西兰自驾旅游。

2015年的最后一天，我经由美国芝加哥转机抵达加拿大多伦多。当时我选择在多伦多跨年另有原因。我的一位女性好友在多伦多二胎待产，我习惯叫她禾姐。禾姐大概7月就到加拿大了，她带着儿子小水居住在多伦多。

我到达多伦多的时候已经是傍晚，按照禾姐给我的地铁路线前往公寓。禾姐带着小水在地铁站出口等我。见到禾姐的时候，我的心情很复杂。我们之前在国内时经常见面，时隔5个多月再次见到禾姐，她的身子已经很重了，还有一个月左右就要临盆了。但她自己要处理很多事情，还要照顾小水，每天接送他上学。

当时多伦多寒冷至极，路面的冰很厚，禾姐走起路来很是费力。我下意识地去扶她，她却对走这种路习以为常。禾姐见到我很激动，我从中也能感受到她在这里的种种辛酸。穿过街口就到了公寓，公寓虽然不是新房，但维护得很好。一楼和二楼是接待大厅和业主活动室，包括泳池、健身房、棋牌室等。这样酒店式的公寓在加拿大被称为“Condo”（一套公寓房间），而普通的公寓被称为“Apartment”（公寓）。公寓朝南向，远远地可以望见安大略湖。之后几天的傍晚，我都坐在窗前看日落。

禾姐特意包了饺子作为晚饭，从和面、调馅、擀皮，到包饺子、煮饺子，我都没帮上忙，她一个人娴熟地搞定了这一切，我在一旁和她聊天。我们似乎有说不完的话，她想知道国内的事情，我想知道这里的事情，但我总是不敢问她在这里过得怎么样。吃过晚饭，正在收拾碗碟的时候，利姐来了。虽然禾姐和我说起她好多次，但这是我和利姐的第一次见面。

利姐很早就到加拿大了，她女儿初中便在这里读书，如今都已经上大学了。她在多伦多照顾几个国内的寄宿学生，每个月有一定的收入，她要给他们做好晚饭才能出来。利姐在加拿大这么多年练就了独立、干练的行事风格，快人快语。我们闲聊了一会儿，她问我们明天有什么计划，我提议明天请她吃饭，以感谢她对禾姐的照顾。

禾姐还想去一趟 Costco（好市多）超市，买些生活用品。因为利姐有车，方便往返。多伦多的公共交通很不发达，只有两条地铁线，如果没有私家车的话，会给出行和生活带来一些麻烦。禾姐在多伦多的这段时间，都是利姐时不时地开车过来带她去超市购买生活用品。利姐很开心地答应了，她说天气预报上说明天有大雪，明早先开车来接我们到她家里，中午一起吃饭，然后再去超市。说好后，利姐就准备走了，我们送她出门。

由于时差的原因，我没有什么困意。我洗漱后躺在床上，月光如银缎般倾泻进来，我看着窗外，思绪万千。我在想多伦多这座城市和我究竟会有着怎样的缘分，会不会有一天我也会生活在这里，在这里的生活又会是什么样的。

加拿大的华人很多，人口占比超过10%。华人在这里很受尊重，所有的服务机构都有中文服务，包括银行、医院、市政厅等。这里的房屋中介有很多华人，我就曾认识一位华人中介，他在国内是某著名大学的老师，早年到加拿大公派留学，回国后辞去工作来到加拿大生活。我在想这样的变化对一个人来说是否值得，但我又想生活中的很多取舍是不能用价值衡量的，每个人对自己的幸福有着自己的标准，遵从内心去选择一种自己想要的生活本就不容易。

我曾在墨尔本移民博物馆遇见过一位华人女性。她于国内一所著名大学硕士毕业之后，在一家不错的企业做人力资源高管，有着不错的收入和生活。但因为爱人移民到澳大利亚，她便放弃了国内的一切跟随爱人到墨尔本。可是到了墨尔本，她找不到合适的工作，无奈之下只能选择在当地再读研究生，期待毕业之后能找到一份工作。想起她的经历，我对移民生活这件事就更加迷茫了，这些事的确是我之前不曾设想过的。思绪乱飞，夜深了，我有了一点倦意，起身拉好窗帘，准备睡一会儿。

天刚蒙蒙亮我就醒了，天色有些阴沉，我看了一眼手机才早上6点多。我起床洗漱后，披了一件外套准备去一楼和二楼参观一番。楼里面很暖和，我穿着拖鞋就下去了，花了几分钟走马观花地将一楼、二楼看了一遍。

大厅里没有人，静悄悄的，灯光是暖黄色的，让人感觉很舒服。我在接待区找了一个位置坐下，和母亲视频聊天。

快 8 点的时候我上楼了，禾姐已经起来了，在准备早饭。看样子昨晚她又没有休息好，我让她歇着我来做早饭，她从冰箱里拿出来两块三文鱼递给我。我煎着三文鱼，她一边收拾桌子一边和我聊天。禾姐说三文鱼在这里很便宜，一大块也就五六加元，还很新鲜。如果真的生活在这里也还不错，食物都不贵，牛奶比水便宜多了。每次去超市，她就购买足够一周的食物，花费 200 多加元。

禾姐跟我说，如果我有机会来这里生活，那还是挺好的。禾姐说的话让我又想起了昨晚思考的事情，本来我的出发点只是想了解出国生活的人的心理和动机，没想到这个问题直接归结到我的身上。接下来几天见的几个朋友，他们也都和我讨论是否要到加拿大生活。我也了解了他们在这里的生活状态，于是我内心开始构思海外生活这件事。

我们吃过早饭没多久，利姐就来接我们了。这时外面已经开始下起小雪。利姐的房子是独栋的，她抱怨说冬天下大雪的时候清理积雪是一件很令她头疼的事，不按时清理就会罚钱。房子一共三层，地下一层，地上两层。房子里住了七八个寄宿学生，今天假期他们不用上学，都在睡懒觉。

我们在客厅聊天，利姐说有个学生已经连续 3 年没申请到大学了，也不用心读书，经常旷课和一些小混混在一起玩，时不时地还把小混混带回这里，被她撵出去几次。今年他再申请不到大学，年纪就超限了，就没有学可上了。我问利姐他家里知道吗，利姐说她和他家长说过，家里知道情况，但是也管不了。而且就算现在回国，也没有高中会接收，因此他只能在这里耗着了。

利姐还说，在这里寄宿的几个孩子只有一个学习还算认真，其他几个都没太把心思放在学习上，所以没有家长陪同不建议让初中毕业的孩子出来自己读书。利姐的话让我想起我的一个表姑的经历。她早年离婚后把孩子送到澳洲读书，和这个男孩子类似，我表姑的孩子一直没有考上大学，隐瞒家里在澳洲由着性子混了十几年，混不下去了才和我表姑坦白了实情。我表姑被气到精神失常。

想到这些我不由得心生茫然，这种教育结果究竟是孩子的错，还是家长的错？但在这样的结果面前，谁的错还有什么意义。我起身走到客厅的落地窗前，看着外面的雪更大了一些。忽然一只小松鼠出现在院子里，转了一圈又走了。利姐说经常会有小动物到院子里来找食物，其中松鼠和浣熊比较多，偶尔也会有黑熊到居民区觅食，她们都习以为常了。

临近中午的时候，我们出发去餐厅。利姐推荐了一家粤菜餐厅，表示菜品味道十分不错。到餐厅的时候雪已经下得很大了，似乎真的有一种过新年的感觉。我小时候在东北生活，那里冬天经常会下大雪，所以在我的印象中，过年的时候应该是下着雪的。人们经常说“瑞雪兆丰年”。因为这场大雪，我对这座城市也有了一点发自内心的喜欢。

吃过午饭，我们去 Costco 超市，这是我第一次去仓储超市。当时 Costco 在北美已经十分火爆，成为创新零售商业模式的讨论焦点。它的会员制销售模式——只有购买了 Costco 会员卡的人才能在超市购物，很让我诧异，我也在质疑这种模式的可行性。但是在进入超市后，我逐渐明白了会员制销售模式的意义。Costco 呈货仓式的布局，所有的商品分量大、价格低，不得不说，很适合家庭生活一站式购物。

利姐说虽然每年要交 100 多加元的会员费，但购物的积分可以兑换成钱再消费，而且购买的商品不满意可以无条件退换。有些人会把用过很久的东西拿回来退换，Costco 都会受理。现在很多加拿大人都在 Costco 超市购物，Costco 已经威胁到了沃尔玛在北美的地位。近几年，Costco 已经开到中国，在上海开了首家店。据新闻报道，刚开业的那几天，购物的人都需要排着很长的队进店。现在国内外很多连锁零售企业都在效仿 Costco 的模式，只是国内线上购物平台层出不穷，给零售行业带来了很多挑战。

逛完超市，利姐把我们送回公寓，便赶回家给寄宿学生做晚饭。我和禾姐吃过晚饭之后，坐在沙发上聊天。我提议租车去看尼亚加拉瀑布，这个瀑布就在美国、加拿大边界处，距离多伦多 200 多公里。刚好小水还有两天假期，我们可以在那边住一晚再回来。禾姐也很想去，她来到这里后，每天的生活极其单调，刚好去散散心。我马上就订了车，之后我们就开始收拾明天需要带的东西。收拾好东西我们各自洗漱之后就早早休息了，等待明早的出行。

早上我们都起得很早，简单吃过早餐就出发去租车行提车。租车行的提车点在市区，我们乘地铁过去。元旦假期路上基本没有什么行人，出了地铁口我见到一个流浪汉裹着被子躺在街边。加拿大属于高福利国家，很少会见到乞丐或者流浪汉，更多原因是他们选择了这样的一种生活方式。

我毕业刚工作的时候，一个夏日的正午，我赶着去见一个客户。我饭也来不及吃，还要跑着去追公交车。不经意间，我看到一个流浪汉在银行的自助取款机的小营业厅内躺着睡午觉，那一刻我很羡慕他。很多时候我们觉得可怜或者处于痛苦中的人，未必是我们想象的那样，也许他们在内心鄙视我们为了三五斗米而奔波劳碌。每个人对幸福的定义不同，或许我们可怜的那个人也正可怜着我们。

我们顺利提到车，启程去尼亚加拉瀑布。瀑布旁边就有一个因旅游业的发展而存在的小镇，名字就叫作尼亚加拉瀑布城。我们一路说说笑笑，还顺路去逛了奥特莱斯，到小镇的时候已经是傍晚了。我预订了可以看到瀑布的酒店房间，办好入住之后打开窗户，听到巨大的瀑布响声，瀑布两侧有昏暗的灯光，可以隐约看到瀑布的样子。我内心的激动无法掩饰，尼亚加拉瀑布曾经多次出现在我的地理课本中，那些文字的描述令我心驰神往，如今我竟然有机会亲眼看到这一壮美景观。

我兴奋地提议下去散步，顺便吃个晚饭，禾姐和小水也很开心地应允。小镇并不大，十几分钟就走完了主路。路两侧有几家餐厅，看起来很热闹。我们穿过小路到达紧邻瀑布一侧的马路边上，如果想更靠近瀑布，需要绕很远的路到下面的小路上。禾姐走路不方便，我们没有开车便没有下去。虽然还是看不太清楚瀑布的全貌，但扑面而来的水汽已经让人感受到了它的壮阔。流水轰轰作响，很难听清楚讲话的声音。我们没有停留太久，就去找餐厅吃晚饭了。

夜静下来的时候，即使关着窗户，我依旧能清晰地听到瀑布水流的声音，像是车水马龙，像是壮美山歌，又像是星河涌动。我在这样的声音中睡去，又在这样的声音中醒来，获得了内心的充实与满足。起床后，我迫不及待地打开窗户，天气晴好，瀑布真容一览无余，如万马奔腾，如天河泄洪，不负其盛名。

尼亚加拉瀑布实际上由 3 个瀑布组成，分别是位于美国境内的美国瀑布和新娘面纱瀑布，以及横跨美、加边界线的马蹄瀑布。虽然瀑布在美国境内的部分较多，但最佳观景点却在加拿大，可以看到瀑布的全貌。

我们在酒店吃过早饭，直接办理了退房。我们把随身的东西放到了车上，开车直奔瀑布。瀑布下面有专门的游客停车场，停车后穿过一座小公园，就到了尼亚加拉瀑布的脚下。真正面对瀑布的时候，才能领悟它的气势磅礴。尼亚加拉瀑布无愧有自然界的“暴力美学”之称，落水溅起的水汽腾空而起，高达上千米，在阳光的照耀下，时而形成一弯美丽的彩虹。有些游客坐着小船，穿着雨衣到瀑布水流的下面去感受那种震撼。远远地看去，似乎小船很容易被那垂下的水流击碎，由此我的内心不禁会有一丝担忧。

因为瀑布下面水汽太多，考虑到禾姐的身体，我们没有停留太久，之后便启程返回多伦多。我租车的期限定在回国的那天，到时候直接在机场换车就可以了。原计划接下来的几天去蒙特利尔，但我想到禾姐的不易，便打算先帮她处理一些事情。回去的路上我和禾姐商量这几天要处理的事情，免得她挺着肚子自己跑动。盘算下来，需要处理的事情还不少。

禾姐需要去医院做产检，并要预约好生产时的病房。禾姐希望我走之前再去两趟超市，帮她多买一些生活用品。同时，因为我们计划在禾姐回国后将公寓租出去，所以我需要找一个托管机构帮忙维护房屋，还要到市政厅办好各项税务手续。根据我们的计划，办完这些事情之后，我还有两天的时间可以去游览多伦多。

从尼亚加拉瀑布回来后，禾姐有些疲倦，但第二天小水还要上学。我便和禾姐商量让她在家休息一天，我送小水上学，然后我顺便去城里面购物，晚上刚好接他放学，后面几天再去处理各种事宜。

早上我起床时，禾姐已经做好早饭。考虑到市中心停车不方便，我和小水吃过早饭坐地铁出行。小水的学校并不远，只有三站地铁。学校和我想象中的完全不一样，在一栋房子内。我没看到室外操场，但小水和我说室内有活动区。

小水的学校学生不多，几个年级混在一起上课。而且学生们基本没什么学习的压力，每天的作业只是简单的拼写和朗读。禾姐的目的也只是想让小水在这个环境中练好英语口语。每天她还会帮小水补习国内的课程，以免回国后功课落下太多。我把小水送到学校，和老师打过招呼后就离开了。

多伦多市中心在安大略湖的湖边，沿着 Yonge（央）街一直走，街的起始点就在湖边的多伦多港湾。Yonge 街长达 1896 公里，是世界上最长的街道。多伦多作为加拿大第一大城市，尽显城市的繁华与活力。

我在中央火车站下地铁，出了地铁站便看到了加拿大国家塔。加拿大国家塔简称 CN 塔，是多伦多的标志建筑。塔高 553.33 米，1976 年建成投入使用，连续多年位居世界最高建筑榜首。站在塔的下面抬头仰视它的时候，会让人有一种眩晕的感觉，站在最上面的观景台上可以用望远镜看两百多公里之外的尼亚加拉瀑布。这座塔是多伦多繁荣的象征，而多伦多是加拿大经济的晴雨表。

我沿着街道漫无目的地走着，一路看了堪称“天空巨蛋”的职业棒球场地罗渣士中心、百余年历史的卡萨罗马城堡、由维多利亚时代建筑群改造为艺术街区的古酿酒厂区、散落在市中心的“学术绿洲”多伦多大学、《世界国家地理》全球最佳食物类市场——圣劳伦斯市场。

多伦多大学位于市中心的金融区，没有明显的校园围墙。当我无意间看到运动场和某个楼宇上挂着并不明显的多伦多大学某某学院招牌的时候，我明白这便是加拿大顶级学府的校园了。

位于温哥华的不列颠哥伦比亚大学则是占据了温哥华山水之间的绝美位置。不列颠哥伦比亚大学位于独立的区域，紧邻大海，被数个沙滩环绕。校园里有数个花园，还有沙滩，夏天的时候无论男女，都会在这里晒太阳。我在 2016 年中秋节的时候曾经到过不列颠哥伦比亚大学。

两所学校都是加拿大的顶级学府，但风格迥异。身处校园的时候，我总会怀念曾经单纯而美好的学生时光。我读完研究生之后一直想再读博士，甚至想到国外的这些顶级学府求学，但因为一些原因最终没有继续读博士。2017 年十一假期的时候，我自驾去美国东部，在哈佛大学和麻省理工学院的校园里待了很久。我看着那些校园里的学生，心中油然而生敬畏和羡慕。

我在圣劳伦斯市场买了一只大龙虾，打算作为我们的晚餐。接小水的时间还没有到，我便在街边找了一家 Tims 咖啡厅，买了一杯美式咖啡和两个甜甜圈。我坐在面向街道的靠窗位置，静静地看着人来人往。我很想在这座城市生活一段时间。我想在天气好的时候在草地上看书、晒太阳；我想抱着在超市买好的食材行走在街道上，回到家里给自己做一顿丰盛的晚餐；我想在夜深人静的时候可以全神贯注地进行文学创作。

但我知道，有时候所向往的简单生活，或者想象中的幸福生活，只是内心中渴望的一点安宁。若是真的过上了想象中的生活，我可能极其不适应，毕竟最难悟懂的问题是自己究竟要什么。

天色暗了下来，我乘地铁赶去小水的学校接他放学。小水见到我很开心，他和老师告别之后，就蹦蹦跳跳地跟着我去往地铁站。在小水的带动下，我仿佛也是个孩子了。回到家后，小水开始写家庭作业，我和禾姐把龙虾简单地处理了一下直接清蒸。禾姐又准备了一些其他餐食，我们的晚餐就这样解决了。

接下来的几天，我开着车，带着禾姐把剩余的事情办理好。虽然在医院和市政厅办理事情的时候因为语言交流有点儿小麻烦，但后来他们都及时地找到了华人工作人员帮我们处理好各种事情，我也真实地感受到了华人在加拿大生活的便捷。

其间我见了一位朋友的弟弟，他在这里读书之后留下工作。因为他会讲韩语，所以很容易地在一家韩国企业找到了工作，虽然赚得不多，但养活自己还是足够的。他计划继续读研究生，也在申请加拿大永久居住证。我和他讨论了一下加拿大的生活，他说这里的生活很简单，每天按时上下班，基本也没什么应酬，偶尔和同事聚会也是很简单地吃个饭。如果喜欢简单的生活、能够耐得住寂寞，那么来这里生活还是很舒适的。

我和他建立了联系，因为日后我可能会麻烦到他。临走的前一天，我和禾姐又去了一趟 Costco 超市。晚上我和利姐又一起去了一家华人超市，帮禾姐买了很多日常生活用品。多伦多的冬天很漫长，禾姐的爱人要在她临盆的前一周才能过来。我想到禾姐还要一个人带着小水生活那么久，心中有些酸楚，却也爱莫能助。

我离开多伦多回国的时候，禾姐坚持带着小水到机场送我，说是刚好问一下生产之后婴儿如何乘机的事情。他们看着我进入海关口，我偷偷地去看他们，他们一直注视着我。那一刻我的内心五味杂陈，只希望禾姐和小水在这里可以一切安好。

禾姐在 2 月顺利生产了一个女孩，4 月他们回国了。房子委托给中介出租，一切都比较顺利。只是房子租出去之后，还有很多事情要处理，例如，房子如果出了问题，业主要负责维修；房租的收入要报税交税，年底退税也要提交各种材料。

我每次和禾姐聊起这些事情的时候，都会感慨。禾姐也感慨现在再难也比不过她一个人在多伦多待产的时候，她自己都无法想象当时她是怎么坚持过来的。很多时候，人的潜力真的是被逼迫出来的，很多人和很多事的成功只是坚持时间长短的问题。我常说，再难的事情只要咬着牙坚持，就算无计可施，时间都会给我们一个答案，而这个答案往往并不坏。

2016 年的中秋节，我和蓓儿相约一起自驾去班夫国家公园，那时蓓儿已经学会了开车。我们从美国西雅图转机到加拿大温哥华，回程前，我们专门开车从温哥华到西雅图郊区的一个奥特莱斯购物。坦白地讲，我喜欢在国外购物，偏爱国外的奥特莱斯。基本上每次旅行只要有机会，我就会逛商场，更不会放过任何一个逛奥特莱斯的机会。

旅行那几年，我平时的穿戴用品基本上都是在国内购买的。我购物时的自我把控力不好，后来渐渐调整了自己的购物心理，以需要为出发点，避免买一些无用的东西。从西雅图奥特莱斯返回温哥华的时候，因为导航定位出了问题，我和蓓儿吵了一架，车子也差点失控撞到其他车辆。

自那次之后，我和蓓儿再也没有一起出行过。但巧的是，我们在莫斯科旅行时，竟然偶遇了两次，一次是在地铁站，另一次是在一家瓷器店。2017 年我自驾美国东部的时候，她刚好也在美国。我们在纽约见了一次面，一起在曼哈顿的布鲁克林大桥下看了日落。

我们在班夫国家公园自驾了 5 天，蓓儿自从学会了开车，就有着很强的开车欲望，一路上大多是她开车。虽然蓓儿的驾龄不长，但她有司机的通病——看别人开车都是问题。我换了一种心态，让她由着性子开，倒是难得多一份清闲。

确切来说，班夫国家公园是落基山公园群的泛指，包括贾斯珀、幽鹤、库特尼等国家公园。班夫国家公园内遍布着雪山、冰川、湖泊、河流、瀑布、岩洞、峡谷、草原等景观，无边的原始松林在此起彼伏的山谷中连绵不断，是野生动物最好的栖息地。沉积万年的浅蓝色冰川携带着沙砾和矿物质缓慢向下流动，形成了色彩斑斓的湖泊与河流。无论何时，无论身处在公园内的何处，都会看到一幅层次分明的壮丽画卷。

班夫国家公园内较为著名的景点有露易丝湖、莲梦湖、哥伦比亚冰原中心、乌鸦爪冰川等。在这里还有很多葡萄酒庄，其中的冰酒最为出名。我和蓓儿还专门去酒庄体验了酒文化。相对而言，我更喜欢坐在湖边，看日出日落，看微风在水中泛起的涟漪，看蓝天白云映在水中。我还喜欢用手捧起湖水感受它的清凉。秋季的公园色彩斑斓，与湖水相得益彰。我遐想未来的婚礼在这里举行，穿着洁白婚纱的新娘会格外动人，让这里的山水草木见证我的美好时光。

班夫镇和贾斯珀镇是游客的集散中心，小镇上有很多餐厅和商店，不过各个旅行地的纪念品基本都千篇一律，而且大都产自中国。每当傍晚的时候，小镇就会热闹起来，各地的游客会集到小镇。清晨大家散去，去往各自的目的地。

结束班夫国家公园自驾之旅后，我们在温哥华停留了两天。虽然我没有看过电视剧《别了，温哥华》，但自小这座城市的名字就烙进我的脑海。我走在温哥华的街头，试图去体味这座城市沉淀下来的包容、舒适、可爱的气息。

煤气镇是温哥华历史的见证与缩影，位于街头的蒸汽钟会在整点时发出悦耳的音乐声，像是在彰显着人们对生活的热爱。我的一位朋友志远在这里生活了六七年，他大学和研究生都在加拿大就读，毕业后到温哥华生活。他知道我来了一定要请我吃晚饭，我便带着蓓儿一起赴约。

本来志远计划带我们去一家川菜馆，到了之后才发现周二是他们的闭店休息日。我有些费解餐厅还会休息，志远说这里的餐厅每周都会休息一天，一般都是周二或者周四，最后他带我们去了一家日料餐厅。

志远大学时和他堂哥一起到加拿大读书，他堂哥毕业没多久就回国了。志远的父母一直希望他在这里生活，他自己却谈不上喜欢这里的生活，但也不致厌恶。我和志远的父亲也相熟，他父亲是我工作上的启蒙恩师，志远平时回国的时候，他父亲会带着他和我一起吃饭，我们也是这么认识的。

志远父亲的一位老友也在温哥华生活，他每年只工作半年，剩下的半年时间去做自己喜欢的事情。志远从小成长的环境简单且有爱，他父亲总担心他回国之后会不适应复杂的人际关系。志远也很犹豫，曾经和他一起来加拿大的朋友基本都回国工作生活了，他在这里越发孤单。志远于 2018 年底选择回国生活，后来在一座海边城市结婚生子，我专程参加了他的婚礼。他爱人家和他们家是世交，他们从小在一起长大，而且都是“海归”，应该有足够的相惜之心。

到目前为止，我最后一次到北美就是 2017 年的十一假期。我和几个“驴友”原计划 2020 年五一假期自驾去美国东部的 66 号公路，但是因为新冠肺炎疫情，我们被迫取消了行程。美国东部的城市更为丰富绚丽，但都缺少了很多自然之美。我们在波士顿落地，经过费城、华盛顿、纽约等城市，其间还在多伦多停留了两日。

这次出行的组合最为奇葩。本来只是我自己计划到美国东部自驾，顺便去一趟多伦多，后来我的研究生同学安安想与我同行，我便同意了。之后我工作上的一个合作伙伴办了美国签证多年但一直没能去美国，他知道我要自驾去美国东部后很想与我同行，我便也应允了。后来安安的一位羽毛球友也想同行，安安征求我的意见，我想一辆车坐 4 个人刚好，便也同意了。由此一个美国东部自驾的组合便成立了，只是一路下来，我感觉格外辛苦。

旅行很考验人与人之间的关系，曾经盛行一句话就是“如果你想和一个人结婚，那么先和他去旅行一次”。一起旅行的人朝夕相处，兴趣爱好、生活习惯、性格品质在这一过程中会一览无余。我和安安从 2015 年元旦一起到尼泊尔旅行开始，前后一起出行了 7 次。我们相互之间还是比较了解的，安安也是我众多“驴友”中与我同行最多的。只是其他两位男生之间的冲突比较多，一路下来我和安安更多的精力是用来解决矛盾，后来我再也不接受这样的旅行组合了。从内心来讲，我更喜欢一个人旅行，旅行中的陌生与孤独是我迷恋的快乐。如果让我心甘情愿地牺牲这份快乐，那我希望是为了亲人、挚友、爱人。

对于这次美国东部自驾，我更多的是想去一些世界顶级名校感受书卷气息，因此我们去了哈佛大学、麻省理工学院、哥伦比亚大学、宾夕法尼亚大学。每旅行到一个城市，我往往会逛商场、超市、菜市场，以感受当地的生活气息。此外，当地的著名大学我也是一定要去的，因为校园里安静、恬适的氛围是我神往的，目前为止我至少去过 30 多所国外高校了。

我在麻省理工学院的校园里静静地坐了很久。校园内有一个咖啡餐厅，室外放置了很多张桌子，我点了一杯咖啡坐在这里。咖啡餐厅的对面是运动场，一群学生在划船机上练习。秋日午后的阳光很温暖，与他们的笑容融在一起，是最美的画面。来餐厅就餐的学生大多抱着书本或者电脑。我看到一位华人模样的学生，他一边吃着东西一边在笔记本电脑上打着字。他吃过饭也没有急着走，一直在不停地打字，我感觉他应该是在写论文。眼前的一幕不禁让我有一些自卑，我只是这座校园里的看客，对在这里读书的学生有着无比的羡慕。

一睹纽约的盛世繁华，也是这次旅行的目的之一。这座移民城市是近现代西方文明和经济发展的极致体现，在这里才能真正领略到美国的繁荣。这座城市融合了光艳与阴暗、富奢与贫困、包容与傲慢，让全世界的人趋之若鹜，但人们却无法准确表达对它的爱与恨，或许这就是纽约的魅力所在吧。

对于旅行者来说，纽约这座城市值得一去。旅行者可以在这里住上几日，慢慢地去体验它的快节奏。旅行者可以穿梭在高楼林立的曼哈顿下城，在华尔街看熙熙攘攘的投资人，在第五大道看琳琅满目的奢华之品，在中央公园的草地上晒太阳，乘船去看海上的自由女神像，在百老汇看一场歌剧，登上帝国大厦俯瞰纽约城，坐在布鲁克林大桥下看日落，夜晚在时代广场感受不眠之夜。

我们可以花几美元吃一个街边的热狗果腹，也可以坐在奢华的米其林餐厅享受食物之美。这座城市从来就不缺游人，我们对城市的所有遐想都可以在这里找到。我在这里并没有停留太久，因为我对于这种繁华的喧嚣向来不喜欢。

我在北美发生的故事很多，也很琐碎。我想未来我还会去北美，也许是为了黄刀镇的极光，也许是为了再游大提顿国家公园，又或者是为了其他的一些事情。

我大学期间最好的朋友全家移民到加拿大渥太华，我告诉她也许有一天我会去那里，在城市的周边买一座小农场，盖上几栋房子，开一家民宿。夏天的时候，我会在那里读书、写文章，经营农场和民宿；冬天的时候，我会背上行囊，去世界的其他地方继续旅行。

三、初驾欧洲

2015 年十一假期我第一次去了欧洲自驾，这次自驾之旅也是所有旅行中自驾时间最长的一次。23 天时间，我在法国、意大利、瑞士自驾了近 8000 公里。我和安安、傅教授夫妇一起出行，后来安安因为生病，中途不得不在罗马提前回国。

这次旅行也是我第一次到欧洲，欧洲和我之前设想中的高楼林立的现代化繁华景象大相径庭。我在此之前也游历了 10 余个国家，但欧洲的美是独特的，这也让我一发不可收拾地爱上了这里。接下来的几年时间，我陆陆续续走遍了西欧、北欧和部分东欧 20 余个国家。

以下文字是这次旅行结束回国后写的，也是我最早成篇的关于旅行的文字。我对当时写的文字略加改动和补充，因此整体文字风格会有所不同，但这也刚好是我旅行过程中心路历程的一种呈现。

如果提起浪漫的都市，几乎没有人不会在第一时间想起巴黎。这座城市不知道多少次出现在历史、地理、文学等著作中，仿佛梦幻一般存在每个人的脑海中。就算我们没有到访过巴黎，巴黎却清晰地存在我们记忆的某个角落中。

巴黎是我们这次旅行的起点，也是终点。我们落地巴黎的时候，是凌晨四五点钟，天边只有微薄的亮光。我们开着车子离开机场驶往巴黎城区，我脑海中幻想着这座城市完美的样子，但城区边缘的脏乱让我大跌眼镜。墙体下面垃圾众多，荒草丛生，我未曾靠近就感觉到有一股恶臭飘过来。每一座城市和每一个人都有肮脏的一面，巴黎也不例外。还好，城区内倒是整洁不少，没有让我们的失望延续下去。

初到巴黎，我们的情绪都不高涨。安安还病着，住宿预订的是位于蒙马特高地一家有两百多年历史的、完全由石头砌成的民宿。室内的墙面也都是不平整的石头，装饰格外有情调，让人多了几分心动。我们简单地煮了一点稀饭，大家吃过后都各自休息了。我下午三四点钟的时候醒来，安安和傅教授的爱人依旧在睡着。看傅教授一个人坐在客厅内无所事事，我便提议出去在附近走一走。

这个季节的巴黎有些冷，又是刚下过雨，虽然有阳光，但我丝毫不觉得暖。我和傅教授裹了厚衣服出门，朝着圣心教堂的方向走着，要走1公里多。因为教堂位于小山丘上，远远地就可以看见，所以我也没费什么心思去查阅地图。去的时候我们在街边看见了家乐福超市，我和傅教授兴奋地议论着，不知道和国内的有什么差异，便商量着回来的时候逛一下，顺路买些东西带回去做晚餐。

我和傅教授只在圣心教堂及周边随意转了一会儿，教堂附近的人倒是不少。站在教堂前的小广场可以俯瞰巴黎城区，我远远地望见塞纳河和埃菲尔铁塔。我们计划只在巴黎停留一晚略作调整，回程的时候可以花更多时间在这里。

第二天，我们要驱车 500 多公里到一个不知名的小镇住宿。因为我还无法上手开手动挡的车，傅教授一人开了全程。这使得在大家还没完全调整好的情况下，又添了很多疲累。

我们回程到巴黎的前一晚，住在了郊区的 Fontainebeau 小镇。Fontainebeau 的原意为“美丽的泉水”，小镇因为枫丹白露宫而闻名。在清晨太阳刚破露出天际的时候，我们在皇宫的花园里游走。石板小路蜿蜒在草地中，露水凝结在小草上，湖水十分平静，周遭几乎无人。那时我在想，或许留在这里也是一种幸福，能够让人放下很多杂念。

我们刚好赶上小镇的周末早市，小商贩在广场上陈列着自己的商品，蔬菜瓜果、衣物鞋帽、各色工艺品等。我们在枫丹白露还找到了一家中餐馆，老板已经在这里生活了 20 多年，他的孩子也在这里长大成人。傅教授和他们攀谈了很久，我们也算是难得地饱餐一顿。

我们经过 20 天的奔波跋涉，早就失去了对旅行的激情，取而代之的是归乡心切。傅教授的爱人也生病了，还好，吃过药很快就恢复了。其实我也有些遗憾，没有真正地静下心去游赏这座城市。我们走马观花地看了埃菲尔铁塔、巴黎圣母院、凯旋门、香榭丽舍大街、卢浮宫等惊世之作，内心的疲累让我们对这座城市的观赏变成了走马观花，塞纳河上的游船对于我们来说也成了歇脚的地方，我感觉诗情画意的浪漫之情完全被亵渎了。

巴黎这座城市的浪漫和文艺气息随处可见，即使匆匆走过，也不会让人错失。塞纳河边聚精会神创作的画师，广场上各色的艺术表演者，还有香榭丽舍大街上时尚的潮人，从他们身边走过的时候，这座城市的魅力就如空气般存在。

巴黎是一座值得深度游玩的城市，就算在这里待上几年，也很难完全读懂它的美。这次的匆匆而过，是给未来以遐想。每一次旅行的结束，也是另一次旅行的开始。我相信我和巴黎会有更多美好的邂逅。

提起阿维尼翁的时候，我依旧会有隐隐的头疼。因为当时我们在阿维尼翁老城中的单向行驶的羊肠小道中转了近两个小时，才找到停车位。车停好的时候，我们却意外欣赏到老城中日落的景色。

为了方便停车，我们住在城郊的酒店，距离城里只有几公里的路程。酒店像一个花园，种了很多花草，房子后面还有很多葡萄藤，熟了的葡萄没有人摘取，依旧挂在上面。我忍不住摘了一颗尝了一下，很甜。酒店有一个室外的游泳池，我也带了泳衣，只是这个季节已经渐冷，因此我没有下去游泳。外国人似乎不在乎这种冷，一位女士游了几圈后躺在岸上的躺椅上晒太阳，让我不禁心生羡慕。我们在酒店附近逛了一圈，时间尚早，我便搜了一家城中的中餐厅，提议开车过去吃晚饭，傅教授他们也欣然同意。

初进城，右侧是老城墙，左侧是罗纳河，突兀地见到这样的景色让人情不自禁地就兴奋起来。我本想就近停车游览一番，却因为没有找到停车位而作罢。继续前行，从老城门驶进城中心，便都是细窄的道路。好不容易到了提前查阅好的中餐馆，见到的只是已经关了门的房子，中餐馆的招牌零落在一旁。我放弃了在中餐馆就餐的念头，便想找个地方停车后在这城里走一走，而这也是我们的噩梦的开始。

我们沿着城中的各种小路反复地转了两三遍，也没找到一个车位。

这个过程让我几近崩溃，看到老城中悠然自得用着晚餐、喝着咖啡的人，我心里更是烦躁不已。无奈之下，我最后将车开出了老城，在城墙的附近找了一处停车场将车停好。这时太阳已经快落下去了。

停好车后，我如释重负，打算在老城中徒步一番。城内与城外虽一墙之隔，却是两个世界。老城墙里面是各种陈旧的老建筑，外面是透着生机的新式楼宇。我轻抚着老城墙慢慢地走着，虽然城墙整体保存完好，但还是掩饰不掉岁月的痕迹。渐落的夕阳洒在城墙上，莫名地让人心生敬畏，我不禁在想：夕阳与这城墙相伴了多少年？或许它们才是真心的伴友，厮守着彼此的寂寞。

天色已晚，我们找了一个当地做鸡肉卷和汉堡的门店打包了一些食物，开车回到了酒店。第二天我们特意起早，开车来到老城边，早上的停车位很多。

我们走进老城找了一家咖啡馆。一群男士在吧台边站着，一群女士坐在楼上的桌子旁，看似都是上班族，她们悠闲地边喝咖啡边谈笑着。

我们坐在二楼的角落中的一张桌子旁，点了咖啡和牛角包，但我很难把咖啡一饮而尽。我一点一点地啜着咖啡，舌喉间是满满的咖啡苦涩之味。傅教授学着当地人的样子一饮而尽，表情十分痛苦。

我看着他们来来往往，聊着、笑着。相对于咖啡，我更喜欢咖啡厅的氛围。吃过早餐，我们迎着刚刚升起的太阳继续前行，也告别了阿维尼翁。

其实，我起意到欧洲旅行，和普罗旺斯的薰衣草花海有关系。从巴黎一路几乎不停歇地赶路，就是希望早点赶到普罗旺斯。那里是很多人的向往之地，只是我们去的那个时节，已经看不到盛开的花海。虽然如此，我还是安排了行程来普罗旺斯走一遭，无所谓看到怎样的景象，只为了却内心的一个夙愿。

我们先到普罗旺斯的城区，停了车之后在城内徒步。这座城历史悠久，古旧得有些凌乱，城内的街道也很狭窄。我在手机上下载了一份地图，按照地图去一一寻找那些古建筑和遗址。在这里，风雨摩挲过的老建筑格外厚重，街上的人也悠哉地享受着生活，形成欧式素有的风景线。我走在其中也会不经意地放松下来，别人是我们眼中的风景，我们是别人眼中的风景，大家相互欣赏，十分惬意。

临近中午的时候，我们找了一家比萨店吃午饭。我们点了特色派和比萨，店家赠送了可乐。我时不时地看看窗外走过的人群，对这座城市的陌生感渐渐消退。午饭过后，我们原路返回，顺道在超市买了些食物，留作晚餐。当天我们没有直接赶赴瓦朗索勒花田，而是住在了城郊的一个公园内。

第二天早上，我们直接奔赴瓦朗索勒花田，我心中的期待缓缓流动。我见过很多薰衣草花海的图片，只是不知道过了花季的花田，是一番怎样的景象。我在心里暗暗地希望还有一些花在开着，哪怕一两丛也好。车子驶进瓦朗索勒时，景色就突然发生了变化。紧凑的乡村道路被茂密的树丛包裹着，林荫小路扑进内心，我们开始一起讨论着花田现在是什么样子，盯着路旁期待着花田的出现。

花田出现时着实让人喜出望外，我赶紧把车停在路边就奔向花田。虽然花已不再开，但结满种子的花丛规整地连成片，像是望不到头的海洋。若是花开时节，这紫色的花海会惊艳多少人的眼睛与心灵。因为并不是花期，四下也没有人。不远处是几间农舍，我沿着田边慢慢地走过去。

走到近处，我发现了两处院子。其中一处院子没有人的踪迹，应该是过了农忙时节农户就搬走了。院子中各种各样的农具整齐地摆放着，围墙上的葡萄长得很好，一串一串地挂在上面，看着十分诱人。另一处院子门口停着一辆车，院子里晒着衣服。院子正对着一条砂石路，我踱着步子过去。我站在院子门口向里面呆呆地望了一会儿，也不知道自己在看什么或者想看什么，只是觉得眼前这份静谧无比舒服。

我再前行一小段，忽然看见路边的坡地上有一片喜人的金黄色。我疾步走过去，看到了一小片郁金香。失之东隅，收之桑榆。我蹲下身子欣喜地看着这些花朵，不远处还有一只小猫悠闲地散着步。我忽然想起应该叫傅教授他们也过来看一看，就起身跑向他们。跑过去的时候，他们依旧在花田中拍照。我告诉他们自己的发现，他们便高兴地跟着过来了。

田园、农舍、小路、花草，这画卷般的景色令我陶醉。那只小猫依旧在那里游荡着，后来它还和我们一起玩。安安拿出她带来的小人偶，放在花丛中作为拍照的道具。偶然间我们发现身边两棵树上长的果子很像板栗，果实散落了一地。我们 4 个人只是吃过板栗，但板栗长在树上究竟是什么样，我们都不知道。我们分别拿起来仔细研究了一番，一致觉得这就是板栗，或者至少是栗子中的一个品种。

我们兴致勃勃地开始捡栗子，一边捡一边讨论着。傅教授的爱人说因为我们占到了便宜，所以我们开心得不得了。我说捡到几百块钱我们未必会要，要了也未必会有这样的快乐，实际上是这份稀缺给我们带来了内心的满足和快乐。我们捡了好多栗子，后来我直接把车开了过来，把捡来的栗子装进袋子里，我们还商量着要想办法把它们带回国。开车离开的时候，我们还兴奋地讨论着，这也许是这次旅行中最欢乐的一件事了。虽然我们后来问了当地的人，也知道捡的果实并不是栗子，但是那天留给我们的快乐记忆依旧清晰。

我们中午在瓦朗索勒小镇歇了脚。小镇只有一条主路，两边有些小店，我们在一家餐厅吃了午餐。我们特意选了室外的餐桌，因为阳光正好，坐在餐桌上可以眺望远方。小镇的外围是青山、绿地，我们吃着、聊着、玩着。下午近 3 点，我们才兴致稍减，驾车穿过无边的花田去往 Moustiers-sainte-marie（陶瓷小镇）。

之后，我们一致说花开的时候一定要再来一次薰衣草花田，就在这里好好地住上几天，什么都不做，只是沉浸在这个花海中。

陶瓷小镇位于普罗旺斯，很适合歇脚。但对于来自“China”的我来说，其实陶瓷小镇没有给我带来多少惊喜。我在国内时，也曾经计划要去景德镇，但终未成行。

陶瓷小镇坐落在半山腰处，出入的路是盘山的单行道。我对地形不熟悉，而且导航定位也不够精准，因此我在开车进入小镇的过程中战战兢兢，最后还是在当地警察的帮助下才到达预订的酒店。放好行李之后，我换了身衣服便逛起了这个小镇。

酒店的对面就是陶瓷博物馆。小镇上的游人倒是不少，安静中有些许的热闹。我只身直奔陶瓷博物馆，热心的管理人员向我介绍了游览路线，我一个人便信步游览其中。陶瓷是中国传统文明的代表之一，我很好奇由中国传入至此的陶瓷会被演绎成什么样子。

我对陶瓷格外地喜欢，旅行的时候若是遇到了总会忍不住淘上几件带回去。博物馆依照此地陶瓷的发展历程陈列展品。我率先看到的是与中国陶瓷最为相近的青花瓷，但它的花式较为华丽纷杂。我之后看到的陶瓷更为华丽，和中国的“汝、官、哥、定、钧”名窑出产的陶瓷的风格大相迥异。这些陶瓷图案丰富、色彩绚丽，更像一幅画，尤以人物肖像画居多。虽读不出其内在的历史，但只看外表的话，我也大饱眼福。

陶瓷博物馆旁边是数家陶瓷工艺品店，我选择了一家最大的走了进去。这里琳琅满目的陶瓷比博物馆的还要多，店主在滔滔不绝地向顾客介绍这家店的历史传承，我自顾自地细细赏玩，爱不释手。或许是我在这里待得久了些，店里的其他顾客都走了，只剩下我一个，店主便走过来与我攀谈。他告诉我，我手中拿的那件瓷器是他爷爷的作品，有几十年了。他还顺道介绍了他的镇店之宝——一件有几百年历史的巨大陶瓷盘器。那件陶瓷盘器最长直径约 1 米，工艺极其精湛，标价两万多欧元。

我选了 3 件易携带的瓷器交给老板，叮嘱他一定要包装好。老板也很细心，包裹得稳妥且精致，还把店里的名片钉在了上面。我随后又去了几家小店，陶瓷的样式大都一致，鲜有抢眼的作品，也或许是我看得太多，所以审美疲劳了。

但还是有一家小店吸引了我。这家小店店面不大，里面的瓷器也不多，店主也不招呼客人，因为他在专心地做着陶瓷物件。我不忍去打扰他，就自己静静地看着每一件作品，最后还是想选两件带走。因此，我不得不打扰店主，也就顺便和他攀谈了几句。他说店里的瓷器都是他自己的作品，虽不华丽，但很真切。我询问他是否介意拍照，他笑着说不介意，便又专心地做自己的事情去了。我也曾设想过像他这样的生活，安静地做点自己喜欢的事情，不计较得失。但只是我的心不够静，也很难放下种种欲望，因此我可能很难有这样的生活了。

出了这个小店，钟声四起，是教堂的钟在整点报时。这个小镇有两处教堂，一处在小镇里，另一处在不远的山顶上。这两个教堂的钟声遥相呼应，像一曲二重唱。我手里拎着精心挑选的瓷器，心里警醒自己不能再买了，因为将它们完好地带回去是件有难度的事情。我索性不再进店铺里看瓷器，反而静下心来好好地去欣赏这个别样的陶瓷小镇。

小镇的中间有一条沿山而下的小河，我驻足桥上，默默地看着溪水叮咚叮咚地流淌着。溪水流过小镇中的教堂边，只是不知道它是不是也连着山顶的那座教堂。我转身的时候看见安安一个人向我走来，我们相视一笑，问彼此去了哪里，之后便选择了同行。

我们避开热闹的街区走进居民区，这里的人很少，一处处房子紧密地挨着。一处房子的墙壁上挂着一幅画像，画像下面布置了鲜花和小喷泉。我从几行法文中大概了解到，画像中的人是这个小镇的创始人，而且还是一位陶瓷工匠。我们一直沿着路走到了小镇的边缘，看到一只猫在墙垛上观望着远处，一名妇女在搬着石头，似乎要垒砌什么。

小镇外十几公里处，便是法国南部著名的“天使之泪”圣十字湖和欧洲最大的峡谷凡尔登大峡谷及其峡谷大桥。一大片清澈的湖水远远地映入眼帘，我们在高处，湖水在低处，遮掩了湖水应有的壮阔。我们开车到峡谷大桥，在桥头的停车场停好了车。

峡谷大桥的一侧是开阔的湖面，另一侧是深邃的峡谷，我扶着栏杆望下去，不禁有些眩晕。湖边有一处游船基地，停满了小船，湖面上也有几只小船在摇晃着。我看见远处有一条小路可以通到湖边，便顺着下坡一路大步地跑着。到了湖边我大口地喘着气，欣喜地望着眼前的湖水，它就近在咫尺。我捡起一块石子，用力地抛向湖水，告诉它我来了，这是我和它的窃窃私语。

这里是徒步的好地方，我远远地看见湖的对岸有三三两两的徒步者。也许有一天，我会背上行囊再次来到这里，沿着湖边游走，或划着小船进入峡谷深处一探究竟，不管世事，只享受这本该有的静逸。

离开我朝思暮想的普罗旺斯后，我们就到了位于法国南部的戛纳。国人对于戛纳并不陌生，戛纳一年一度的电影节都会吸引很多中国娱乐明星至此，国内外各大媒体也会争相报道。我幻想中的戛纳应该是一座气派而文艺的都市，四处都是电影中的画面，影节宫绚丽辉煌。

车开进这座小城的瞬间，我们便感受到了它的寂静。这是我们到欧洲的第一个周日，街上行人寥落，店铺几乎都闭门休息了。我们预订的酒店也紧闭着门，前台的电话一直在响却没有人接。我们好不容易遇到进出的住客，才跟着进去。原来在周日，下午 3 点时才会有酒店的工作人员来为顾客办理入住，我们只好先停了车到城区闲逛。

酒店离海边很近，我们沿街向海边走去，按照地图的指引十几分钟便到了。影节宫的低调风格让我一直不敢确定这就是它，只是地图上的地址和路标的显示都告诉我这就是了。我纠结着接受了现实，勉强地想象着电影节群星闪耀的画面。影节宫背靠码头，港湾里泊满了各式游艇，我们无趣地一艘一艘驻足观赏，揣测着游艇里会是什么样子。

这段海边没有沙滩，沿海有一段人行步道，但是人并不多。我们寻了一处地方坐下，望着远处的灯塔发呆，太阳温和地洒在身上。若不是肚子咕咕作怪，一直这样坐着就是最好的享受了。当时已经是下午两点多了，我们还没有吃午饭，我们商量了一下，决定返回酒店。来时的路上我看见一家中餐馆正在营业，这是填饱肚子的最好选择了。于是我们原路返回，到了那家餐馆。

餐馆里的东西是现成的，只需加热即可，在异乡吃着不是中国味的中餐也是一种知足。后来和老板聊天，我才知道原来他不是中国人而是柬埔寨人，他只能听懂一点中文，但并不会讲中文。傅教授提议点两瓶当地的啤酒小试一下，向来不喜欢饮酒的我只是喝了几小口。实际上我也喝不出来当地的啤酒和国内的啤酒有什么差异。傅教授对于西式餐食已经没有任何胃口了，临走的时候我们买了一些泡面，以慰藉思乡的肠胃。

回到酒店安顿好之后，他们都休息了，我一个人无聊又走了出来。我在旅行的过程中不知道疲累，在澳大利亚时，我曾在一天内独自从墨尔本开车至悉尼，自驾 900 多公里的路程之后依旧生龙活虎。我又返回海边，走向了另外一个方向，这才发现影节宫的红毯，原来这里才是影节宫的正面。影节宫前是一个广场，广场旁是一片沙滩，很多人还在享受着夕阳和沙滩的余温。或许这才是这座小城应有的景象，简单而惬意。

我沿着路继续穿梭，广场对面就是商业区，有很多国际奢侈品牌的专卖店，只是也都处于闭店状态。一家哈根达斯冰激凌店还在营业，店面没有像国内的哈根达斯店铺一样装饰得那么“高大上”，更像是随意的甜品摊位，门前许多人在吃着甜品。几个本地的小品牌依旧开门迎客，我也进去逛了逛，就像是这里的居民，曾来过，也曾离开过。

我们离开戛纳就直接驶进了意大利的国境，本来计划到摩纳哥略作停留，但因为时间原因也放弃了，直接赶往了佛罗伦萨。

我是否曾经梦见过佛罗伦萨？或许有也或许没有，因为我在意念之中勾勒不出它的样子。很多文人笔下描绘的意大利形态各异，温存而浪漫，古朴而时尚。此行要不要到意大利我和他们是讨论过的，我们原想把更多的时间用于深度解读一座城，但终究没有抵抗住诱惑，还是来了意大利。我们到意大利的首站便是佛罗伦萨。

我们穿行在阿尔卑斯山脉之中，由戛纳直接奔往佛罗伦萨。进入意大利境内，虽然没有边防查检，但四下的情景与法国的泾渭分明。我们沿海、沿山由意大利北部进入，看到一座又一座小城嵌在山脉、海水之间。绕过米兰，当“Firenze”（比萨）出现在路标上的时候，我内心的亢奋已经压制不住。

走过法国的几座城市，我便不再幻想欧洲的大城市会是一番怎样的富丽堂皇的景象。越是历史名城，历史的气息便越浓重，但佛罗伦萨还是超出了我的想象。在这里，我看不到任何现代化的建筑，城市中的很多角落都是锈迹斑斑的。但不经意间的一个雕塑、一栋建筑都可能是出自名家之手。

酒店在城中心，酒店的电梯是百年之前的升降机，一次只能容纳两三个人。前台的接待英文很好，人也热情。我们顺利地安顿好之后，趁着天色还亮赶紧出去到城中一探究竟。出了酒店走出路口便是一个广场，广场的尽头便是新圣母玛利亚大教堂。看到教堂，我整个人似乎瞬间沉浸在历史的长河之中。教堂的门虽然紧闭着，但周围的人并不少。沿着教堂一侧的小路绕过去，便是火车站。城市图书馆和火车站两个建筑连成一体，这里的人熙熙攘攘、形形色色，让我有些胆怯，不敢融入这样的人流中。

看过火车站和图书馆后，我们原路返回去往另一个方向。我们穿过古老的卡尔查依欧利商业街，走到阿诺河边。这时一座旧桥出现在我眼前，我便以为这就是传说中的“老桥”。上了桥才发现，阿诺河上横卧着很多桥，每一座桥都有着自己的古朴味道。夕阳映衬之下，古桥、河水、老建筑勾勒出一幅醉人的画面。我站在桥上凝望，只愿做画中人。

事实上，紧挨着这座桥的另一座桥才是“老桥”——维琪奥桥。它看起来更像一栋楼房横在这河上，或许就因为这一点，它才在众桥之中脱颖而出。但直觉上我更喜欢我脚下的这座桥，我远远地向“老桥”挥了挥手，告诉它我来过，但终究没去上面走一走。

离开这座桥时夜色已晚，也到了吃晚饭的时候。我在攻略上找到一家据说不错的比萨店，一路走着一路问着，终于找到了。但是这家店却在闭门休息，我们只好就近寻了一家餐厅草草地吃了晚饭。折腾了一天我们都有些疲累了，吃过饭我们便返回酒店休息了。

早上起来，外面有些寒意，我裹了羽绒服独自出来，清晨的街上行人寥寥无几。这座城市虽然厚重，但确实不大，没几步路便到了百花圣母大教堂。教堂正在维修，82 米高的乔托钟楼屹立在一侧，像一把神剑般护佑着教堂。百花大教堂对面即是八角形的圣乔凡尼礼拜堂。在这座城市里，处处都是读不完的故事，我虽是学文科出身，但在旅行中却偏爱自然与民俗。我在游历这座城时，只停留在看风景的层次，这的确是对它有所亵渎，我也着实惭愧至极。

走了一圈后，我回到酒店与他们会合，我们收拾了行李去吃午饭。回来的路上，我们看到了两家中餐馆，便一起去慰劳思乡的胃。我在国外吃过许多中餐，却吃不出国内中餐的味道。吃过午饭，路两边的集市热闹起来了，大多数都是卖皮具的。佛罗伦萨的皮具声名在外，我们也沿路逛着。我在一家店里胡乱砍价淘了几件皮具，为在这座城的旅行留下了另一种纪念。离开了这座欧洲文艺复兴名城，我们去了历史更为深邃的罗马。

写罗马这座城市不是件容易的事情，我的经历和阅历与这座城市的文化底蕴相比更显浅薄。所以我也只能勉强写些旅行中的趣事，聊以纪念。

似乎没有一个人可以把罗马的每一段历史都讲得透彻，即使是一位资深的史学家。罗马的特殊性不仅在于它历史悠久，还在于它几千年的历史依旧存在于这座城的角落之中。置身于罗马城中，若不是街道上现代化的车水马龙提示着，我会恍惚以为自己穿越到千年以前。

这次旅行中我们为了到罗马，增加了近两千公里的路程，但终是心中舍弃不下，不顾疲惫，千里迢迢至此，只为邂逅这座闻名遐迩的名城。

提起罗马你会想起什么？我最先想到的便是奥黛丽·赫本参演的《罗马假日》。电影中的人物和这座城都是永恒的经典，电影也为古典的罗马增添了浪漫、清逸的气息。无论追寻电影的足迹，还是历史的痕迹，都会使人轻松快意。一位来过罗马的朋友说，罗马这座城市能满足人们各种情愫的释放，我们在这座城里总会找到属于自己的东西。

我们清晨吃过早餐，便乘地铁出行。我们在共和国广场站下了地铁，之后依照地图一路徒步。我本身就是徒步爱好者，也喜欢穿梭在大街小巷，走进城市中未知的角落。我们从共和国广场走到梵蒂冈，看到梵蒂冈外围聚集了很多人。上午已经禁止游客进入了，我到游客中心问过要到下午一点才允许新一批游客进入。我们在外围的广场走了一圈，梵蒂冈城的广场和主建筑毫无遮掩地呈现在我们面前。因为需要等候的时间太长，而且里面的博物馆和花园对我们的吸引力也并不大，我们拍照留念之后就离开了。

走出梵蒂冈城的正前方广场，左侧便是圣天使堡和圣天使桥，二者相依相映于台伯河畔。我们没有走进城堡，而是沿着河畔前行，寻了一处安静的地方，远远地看着它们，别有一番味道。因为语言不通和对罗马的历史了解甚少，所以我们大都远观，就好似“到此一游”。穿过桥走到河的对面，我们继续前行。其间逛了几家小店，傅教授夫妇对在佛罗伦萨买皮具意犹未尽，所以我们特意看了两家皮具店，但总觉得这些皮具还是不如佛罗伦萨的皮具让人满意。

穿过几条小路，我们便到了纳沃纳广场，广场上的雕塑和喷泉融为一体。这里是文艺者的圣地，很多街头艺术家云集于此。广场上的艺术真实而震撼，驻足在某位画者身侧，花上一点时间观赏其作画，便也有怡然自得的乐趣。其实，广场的每一个角落、每一个人物都足以成为一幅精美的画卷。

绕出沃纳沃广场，我们走到图拉真广场。两个广场的景致截然不同，一个俊逸清秀，一个大气壮观。图拉真广场在威尼斯广场旁边，无论是建筑还是雕塑，都大气又不失细腻。

罗马市中心的景致几乎是连成片的，或者说处处是景致，稍不留心就会错失一个甚至几个景点。很多景点我依照地图仔细对照才找到，但这不是因为位置偏僻不好寻找，而是因为景点数量太多，让我眼花缭乱了。

绕过图拉真广场便是建于公元前 7 世纪的古罗马广场，恰好我们有些累了，便在路边的长椅坐下。我们看着路上来往的行人，偶尔也会有一辆马车驶过。古罗马广场面积较大，被护栏包围着，从围栏处俯瞰下去，我不禁去对应还原电影中的场景。这里曾经的繁华鼎盛虽不能见，但终是有迹可循。在罗马这座城中，我每时每刻都觉得自己非常渺小。2500 多年里，多少人和事在这座城穿梭而过，而我本身就是这座城中短暂停留的过客。

走过古罗马广场，就远远地看到了罗马斗兽场。我在影视剧、书本中，看过、听过无数次的斗兽场，突然出现在我的眼前。我顿时有点不知所措，感觉它离我那么近又那么远。我不禁在想，或许我来罗马也只为这一眼。

建于公元 72 年至 82 年间的斗兽场是罗马历史的浓缩体，也是这座城市文明的象征。临近斗兽场，我才真正体会到它的高大。从外观上看，斗兽场是正圆形的；在俯瞰时，它是椭圆形的。它占地面积约 2 万平方米，最大直径约为 188 米，最小直径约为 156 米，圆周长约为 527 米，围墙高约为 57 米，可以容纳近 9 万名观众。

罗马斗兽场原本是仿照古希腊剧场修建的，但之后被用作斗兽表演。传说在竞技场建成时，罗马人举行了百天庆祝活动，杀死了各种牲畜 11000 只。斗兽场内部有十分现代化的舞台设施，客席设置为 3 圈不同高度的回廊，每层各有 80 个入口，不会因为观客人数过多而引起混乱。另有记载，早在公元 248 年，庆祝罗马建城 1000 周年的纪念演出中，就可以在表演中引入水源，展现海战场面。直至现在似乎都很难找到这样壮观的剧场。斗兽场强大的气场，让一侧的君士坦丁凯旋门被很多人忽视，似乎它就是斗兽场的一个附属品而已。

我们在斗兽场驻足了很久，这里也是我们今天徒步的最后一站。我们本来计划乘坐地铁返回酒店，但仍觉得意犹未尽。虽然有些疲累，并且连午饭都没抽出时间去吃，但我们还是想徒步回去，以对这座城市多一点了解与纪念。我们在回去的路上又看了两处景点，但我记不起名字了。徒步一天，虽然很累，但我们依然兴致高昂。还有好多地方我们没有走到，如万神殿、许愿池、真理之口等。如果我们要想走遍罗马的所有景点，或许一个月的时间都不够。

罗马给予我的感悟甚多，我只是单纯地希望我没有亵渎了这座城市。虽然罗马不会因为我来过而改变什么，我却会因为自己到过罗马而改变。

在罗马的时候，安安因为反复高烧不好提前回国了，草草地结束了她的欧洲之行。我出国旅行的次数也不算少，因为安安一直病着，我便一路帮她求医问药，这也算是我在海外求医唯一的一次经历。这样的经历也着实让我收获颇多。

我在美国拱门国家公园曾经参与过一次坠崖救援，虽然我也去了医院，但我到时伤者已经被安置好，所以我不知道国外具体的就医流程是怎样的。

这次欧洲行我们一共 4 人，很巧合的是平时身体很好的安安，在临行前高烧未退。因为我们对于此次旅行都筹划已久、期待满满，所以她也没在意，带病“上阵”。安安临行前要完成很多工作，以避免给旅行带来不必要的麻烦，所以旅行前她高烧了也未抽出时间去医院就诊。我们是凌晨的飞机，她在临行前只吃了点药便出发了。

飞行一路并无大碍，她一直睡着。下飞机时刚好是巴黎的清晨，一路奔波的疲累使她有些坚持不住了。我在办理租车手续的时候，她又高烧起来，整个人抱着箱子瘫坐在椅子上。我在办理租车的过程中，还遇到了一个小插曲：原本订的自动挡的车没有现车。沟通良久，最终我们只能开着一辆手动挡的车开始欧洲自驾旅行。

我们提前预订了巴黎的一家民宿，到了之后安安便躺下休息了。我烧了热水，并冲了感冒冲剂给她服下。我和傅教授出去逛了一圈，我们回来后，安安似乎有所好转。我煮了面，她也吃了一些。我们在客厅聊了一会儿后，便都早早休息了。

第二天我们开始自驾前往约 600 公里外的一处景点。因为我们提前订好了酒店，如果临时修改行程会带来很多麻烦，所以一路上基本没有驻停。在路上大家都没休息好，安安又高烧了。到了酒店，安安直接休息了，晚饭也没有吃。

我们按照原计划一路前行，她一直反复高烧。途中我们都是走的小镇，一路未见到医院。旅行时我都会带着药物，她也一直吃着药，但不知道为什么一直不见好转，直到后来她回国就医我们才明白是药不对症的原因。一路上，傅教授夫妇也非常担心安安的病情。他们年纪近于我们的长辈，经验比我们要多一些，我也知道反复高烧是件很麻烦的事，最后我们商量尽快找一个大城市带她就医。

我们第四天到了普罗旺斯。为了方便停车，我们住在郊区的一个酒店。到了酒店后，安安直接休息了。我在酒店周围闲逛，发现酒店的隔壁有一间药店，我便回酒店带她一起过去。我当时认为药店会先对患者的症状进行简单的判断，然后再开具对症的药品。没承想，药店的工作人员给了我们一个医院的地址，建议我们去就医。我和她商量之后，便开车去往市区的医院。

我们顺利地找到了医院。我让她先去挂号就医，我去停车。市区内不好停车，我绕了几圈之后终于找到了一个停车场，泊了车我去医院找她。我还未进医院她就出来了，说是这里排队的人很多，医生建议她去另外一个医院，并给了一个地址。我们在导航上怎么都搜索不到这个地址，后来干脆找了一个最近的医院。但最近的医院也在十几公里外，我们到达目的地的时候已经是日落时分了。

我们开到了一座小山的深处。当时我们还诧异医院为什么会在这里，到了之后才知道这里是养老院，我和安安不禁大笑。那时她并未觉得特别不适，烧也退了，我们便迎着落日开车回了酒店。

每天到了酒店安安便休息，状态稍微好一点的时候，她也能走出酒店散一会儿步。安安的病始终未痊愈，我带的药也快被她吃完了，我们也都更为担心，为此我们也认真地研究了解决对策。当时我们即将行至罗马，便决定如果到罗马安安还未痊愈，就在罗马就医，也可以住院治疗。实在不行还可以在罗马飞回国内。但这一切只是我们的设想，真正去做的时候，我们面临了太多的曲折。

我们到罗马要经过佛罗伦萨，在佛罗伦萨的时候药物没有了，我还到药店为她买了药。虽然我说清楚了我想要的药品，药店的工作人员也听明白了，但买了药后傅教授提醒我，这种药一般都属于处方药，不能乱吃。傅教授建议安安慎重服用。

傅教授的话提醒了我很多。实际上，我这一路虽然担心安安的病情，但却没有足够重视，也并未深入地考虑这其中的利害与危险。回到酒店后，我反复向前台求证我买的药是不是用来治感冒的，酒店人员明确地告诉我这是他们通常用来治疗感冒的药物。我向安安说明了这其中的利害，三思之后她还是服用了。

我们终于熬到了罗马。当晚，她病得尤为严重。我们在酒店安顿好之后已经是傍晚了，我向酒店前台索要了地图，问好医院的地址，便打算带安安去医院。我考虑到罗马停车很困难，而且地图显示医院和酒店相距不远，酒店老板也告诉我走路大概 15 分钟就可以到医院，所以我们决定走着过去。

但不幸的是，我们走错了方向。在罗马，英语作用不大，我们遇到了一个能听懂我在讲什么的人，但我也着实听不明白她那带着浓重意大利口音的英语。我们靠着手舞足蹈的比画，才最终明白对方的意思。这位好心人建议我们坐地铁过去，并在地图上清晰地标注了地铁口的位置和我们下车的站点。

每一个地方终是好心的人多。我们在去地铁口的路上，又遇到了一位好心人，他一直把我们送到了地铁口。我和安安乘地铁到了离医院最近的站点，但还需要走一段路，这段路我们走得格外艰辛。当时安安高烧又起，整个人都没有力气，我一边扶着她，一边问路。我们过十字路口等红灯的时候，安安就会坐到地上。此时，面对她还有不知道方向的医院，我的压力巨大。我清晰地感觉到自己处在崩溃的边缘，我在内心反复告诉自己要坚持。

几经周折，我们终于到达了医院，当时大概是晚上 9 点。到了医院后，我稍放心了一些。我先和医生做了简单的沟通，医生做了简要记录，便让我们在外面排队等候就诊。候诊室里有很多人，之后又来了很多人。我还见到一位脚趾受伤流血坐着轮椅过来的年轻男人，医生给他简单包扎之后，他也一直在候诊室外等着。

我们就这样一直等着，直到 11 点多，第一位医生已经下班，来了一位新的医生，安安还没进到诊室。期间我出去吃了点东西，并带回东西准备给她吃，但被护士制止了。护士说在医生没有确认安安的病情前，安安不能进食。我们就这样煎熬地等待着，安安的高烧渐渐退了。当时临近夜里 12 点了，但我们依旧看不到就诊的希望。那位脚趾受伤的男人已经暴跳如雷了，歇斯底里地朝医护人员怒吼，但这也不能解决问题。我们再也坚持不住了，决定不再等了，直接回酒店。安安也决定订第二天的机票回国就医。

第二天，我和傅教授夫妇逛了罗马城区，安安一直在酒店休息。晚上我开车送她去机场时，又一次经历了强大的心理挑战。导航无法准确搜到机场的位置，行驶途中导航就停止了，我只能看着路标驾驶。幸好意大利语中机场的单词和英语中机场的单词相近，我能够知道去往机场的方向。

雪上加霜的是，当时我刚适应开手动挡的车，并不熟练，我一焦虑或紧张，车就会在上坡时熄火。我们就这样走走停停，最终我还是把她送到了机场。回酒店的时候，因为导航失灵，所以我走错了一个路口。我把车停在路边，花了些时间平复自己的情绪，最后绕了好远的路才到达酒店。这次的经历也让我知道，再大的困难和挑战，咬牙坚持总会克服的。

安安顺利回国就医了，我们才知道她得的是肺炎，并不是感冒。医生说她再晚些时间就医就会很危险，因此虽然在国外求医的过程很坎坷，最终她不得不回国就医，但这样的结果对于我们来说，是值得庆幸的。

海外就医的经历虽然让我有些成就感，但也让我有了更多反思：对待健康、对待身体，不能过于草率。回国之后，我仔细研究了西方国家的就医机制。我了解到因为医疗资源有限，所以西方国家大多采用预约就医的机制，临时去就医的话，都需要等候很长的时间，除非是有生命危险的病情。而且，海外就医费用很高，没有医疗保险的话，就医负担很重。

旅行本身是一种享受，但保障身体健康是最为重要的前提。旅行期间如有不适不要奢望在国外治疗。我们在旅行前要备好常用药品、买好旅行保险，量力而行，对身体保有警惕之心。这次经历着实磨炼了我面对困难的意志力。此后无论是在旅行中，或是在生活、工作中，遇到困难时，我总会想起这段经历。有些事，我们只要坚持，总会得到解决的。即使我们无能为力，时间也会给我们一个答案。感谢所经历的种种磨难，这是促使我意志成熟的良苦之药。

这次旅行的行程才刚刚过半，安安回国后，我们剩余 3 人继续前行。因为之前安安生病，我们一直很担心安安的身体情况，如今安安回国就医了，我们也轻松了很多，也更能静下心来仔细感受旅途中的美好。

欧洲有着悠久的历史，这些历史造就了太多文明，也催生了大大小小很多个国家，几个国中国至今还在被人们津津乐道。这次欧洲之旅，我们本计划要去摩纳哥、梵蒂冈、圣马力诺这 3 个国中国，但因为时间原因，没能去摩纳哥。我们从罗马离开后，特意选择在里米尼歇脚，只为一睹依偎在此的圣马力诺。

相比梵蒂冈而言，圣马力诺更像一个国家。我们在里米尼落脚，但并没有选择在圣马力诺住宿。因为圣马力诺的旅游业虽发达，但住宿可选择的余地并不多。我们抵达里米尼的时候阴雨绵绵，但阴沉的天气也抑制不住我们的内心的激动。

简单休息之后，我们便开车前往圣马力诺。圣马力诺距离酒店大概20公里的路程。我们沿着导航前行，因为转错一个路口，误打误撞地走了一条乡野小路。这对于我来说，并不是一件坏事，因为我喜欢自驾的其中一个原因就是自驾途中可以看到很多预想不到的景色。小路两侧都是绿茵，虽然天气不够明朗，但丝毫不影响我们的心情。

当路边出现一块简单的木刻界碑时，我们知道我们已经进入圣马力诺了。虽然只是一块小界碑，却让我感受到两个国家不同文化的气场。

圣马力诺的主要建筑都集中在蒂塔诺山顶部。上山的路上，雾气渐渐大了些，雨也大了很多。蜿蜒的小路直至山顶的停车场，出了停车场就是这个小国家的核心城区了，城里的路都是用石头铺砌而成的。因为我们到达的时候已近下午5点，加之下雨的原因，很多店铺已经关门了，但依旧有很多人在雨雾中撑着伞走在这座石头老城中。

我们随着人流沿着小路向上走去，最先看到的就是政府大楼和自由雕像。虽然雨雾严重影响了拍照的效果，但我们还是兴致勃勃地拍了一张又一张。这样的景观在欧洲并不少见，我们之所以兴致盎然，更多是因为这个奇特的国度。

再往上走一点，便是圣马力诺大教堂。它和欧洲各处著名的教堂虽然无法比拟，但即使雨雾也遮掩不住它雄壮的轮廓。教堂里没有人，只有让人窒息的宁静。

走出教堂，我看到不远处政府大楼上的国旗在雨中飘曳。我倚在石柱旁，默默地看着，它的坚强像极了这个国度，不管怎样的境况，它都坚持自我、展现自我。我们沿路上行，因为雨雾，所以我们无法看到经典的切斯塔和瓜伊塔两个要塞，索性就到几家依旧开着的小店闲逛。这里汇集了一些打折店，堪称旅游购物的天堂，傅教授的爱人也在一家皮具店收获了中意的皮包，了却了她在佛罗伦萨没有购买到满意的皮包的遗憾。圣马力诺的邮票最负盛名，但可惜之处在于，我们到达时邮局已经关门了。

我们在这里游走了 1 个多小时，便开车返回了里米尼。刚好是晚饭时间，我们在 Trip Advisor（到到网）上寻了一家在酒店附近评价还不错的饭店，只是饭店里的美食还是不适合我们 3 人的中国胃。在后面的旅行中，中餐馆都成为我们可遇不可求的一种奢侈品。

第二天早上起来，雨虽然停了，但天依旧阴沉着。我们吃过早饭，便去不远处的海滩散步。海滩长得看不到边际，还有很多小屋、躺椅、遮阳伞遗留下的痕迹，想必盛夏时节这里定会是喧闹之处。

我站在海边，不时地拾起一块小石头抛向大海，这是我与水独特的交流方式。偶尔有晨跑的人由远处经过我身边，又渐渐远去。旅行似乎也是一样，渐渐走近世界上的某一处，又渐渐走远。

米兰本不在行程计划之中，这次旅行我总有意避开那些热门的旅游地，反而选择很多名不见经传的小城市和小镇。但为了不过多赶路，我们最终还是选择了在米兰歇脚。这些年来，我走过很多国内外的大小城市，对城市中的繁华司空见惯了。虽说每个城市都会有自己的特点，但不谙情怀的人也很难读懂。提起米兰，我们会想起什么？时尚？足球？建筑？艺术？总之有太多的理由值得我们去结识这座城市。

为了停车方便，我们依旧住在米兰的城外。我们在靠近米兰奥特莱斯的一座小镇落脚，预订了一家别墅民宿酒店。别墅建在山腰处一条小路的尽头，别墅内自有一番风景。

看护这家酒店的是一对老夫妇，他们是主人的朋友，晚上不会住在这里。我在 2013 年自驾去美国西部的时候，在拉斯维加斯的奥特莱斯有着太多愉快购物的记忆，这次选择在临近米兰的奥特莱斯附近住宿，也正是因为想再次体验购物的快乐。

安顿之后，不顾小雨，我们带着期待奔向 10 公里之外的奥特莱斯。米兰的奥特莱斯汇聚了很多高端品牌，在欧洲也是小有名气的。我们都略有收获，只是再也没有在拉斯维加斯的奥特莱斯购物的那种酣畅的感觉了。临近晚上 8 点，我们在奥特莱斯中的一家麦当劳吃过晚饭后，才意犹未尽地返回酒店。

对于购物，我一直不太理智。虽然我也曾鞭策自己尝试做一个极简主义者，但都没有成功，总是一次又一次被购物欲冲昏头脑，所以家里堆放了很多无用的东西。尤其是在旅行中，我总会买一些杂七杂八的东西，甚至有些物品都不具备纪念意义。我宽慰自己只当是成长过程中必须要经历的，浪费的钱就当作学费，这也是一向严于律己的我为自己保留的一点任性和纵容。

第二天清晨，天气见晴，我们吃过早饭在别墅的院子里四处转悠。远处还有几栋古堡似的建筑，雨后的空气清爽如甘泉，我情不自禁地想蹦跳几下，大口地呼吸。9 点左右我们便启程去米兰，今天的目标是进入瑞士，住宿在苏黎世。

我提前没有做太多有关米兰的旅行攻略，因此按照导航，我们直接去了米兰大教堂。此次欧洲自驾，使我对在欧洲大城市城区内开车有一点恐惧。若是在交通上有更多的选择，我不建议大家在城区内自驾。欧洲大城市内的道路大都狭窄破旧，也有很多单行道，车辆杂乱无章地行驶其中。最令人头疼的便是市中心的停车问题，每次停好车之后我都会深呼一口气，放下悬着的心。

还好在米兰大教堂附近有个地下停车场，不过我们绕了两圈之后才发现。在国外开车、停车要格外谨慎，如果违规，则要面临十分严重的惩罚。我曾为在美国西部和澳洲自驾超速而买单，罚款金额都在 1000 元人民币以上，而且处理罚单也相对麻烦些。此外，国外的一些国家对违章停车、超时停车的惩罚力度也很大。

从停车场出来，穿过马路即是米兰大教堂。教堂前的广场上人头攒动，教堂门口排着很长的队。米兰大教堂的宏伟与壮观让人惊叹，建筑的每一处设计都堪称经典。它是世界上最大的哥特式建筑，也是规模仅次于梵蒂冈圣彼得大教堂的世界第二大教堂。

米兰大教堂历经 5 个多世纪才建造完成，多国建筑师先后参与主教堂设计，因此米兰大教堂汇集了多民族的建筑风格。考虑到还要赶路，我们并没有进入教堂内观赏，只在教堂前的广场四处闲逛。

广场的一侧是伊曼纽尔二世走廊的入口之一。这里也是著名的米兰商业街，里面汇集了各色高端时尚品牌，把米兰时尚之都的气息体现得淋漓尽致。广场周围也有很多遗留古迹，我没有太多的兴致去游玩，只在广场的外围观察一只鸽子。它在饮地面上积留的雨水，我就蹲在它的不远处静静地看着，我们都悠然自得。我喜欢静赏很少人关注的事物，对人们趋之若鹜的事物的兴趣并不大。就像这一刻，我的世界里只有我和这只鸽子，还有那一摊水。

米兰是我们此次在意大利旅行的最后一站，开车驶出米兰时，我心里莫名地不舍。我对着车窗外拍了几张这座城市的照片，以慰藉内心的留恋之情。我在心中默念着：米兰，再见！

离开了米兰，我们就告别了意大利，进入了我们期待已久的瑞士，心中的向往让我们离开意大利的时候少了几分不舍。靠近瑞士边境的几个意大利的小镇，有着如诗如画的美景，但为了早点到达瑞士，我们只能看着美景掠过车窗。但我们在赞叹的同时，也设想着瑞士的风光定会比眼前的更诱人。

虽然我开始旅行没几年，但是也已经走过了10余个国家，然而从没有一个国家像瑞士这般让我在初识的时候便如此震撼。瑞士就像一眼清泉涌入我的心底，让我耳目一新。

瑞士并不是我抵达欧洲后的第一站，也不是最后一站。据说国内曾有位年轻的生物学者，因患癌症早逝，她生前唯一的愿望就是希望离开这个世界后，骨灰能够被扬撒在瑞士的森林里。这也让我对这个国度有了无限的憧憬和期待。当车子离开意大利国境驶入瑞士境内时，那如画卷般的景色还是让我叹为观止。

当天的天气不是很好，还有雨雾。但即便如此，意大利与瑞士交界之处的几个小镇已经让我觉得美不胜收了。进入瑞士境内，在雨雾中穿过一座山脉后，呈现在我眼前的一个小镇和那一汪清澈透底的湖水瞬间让我按捺不住内心的欣喜。我把车停在路边，欢快地奔向湖边，大口地呼吸着新鲜空气。我很想把眼前的这一切融化在自己的身体里，据为己有。雨停之后，雾气缭绕在湖面，群山婀娜，三两栋房子坐落在湖边，几只帆船靠在岸边，这样的景色令我身处其中难以自拔。

可惜的是我们的旅行计划中并没有这个小镇，因此我们只是短暂地邂逅了这个小镇。后来我查了这个小镇的名字，是 Silvaplauna（席尔瓦普拉纳），它是以湖命名的。我之所以去查这个小镇的名字，就是想将它作为我下次再来欧洲的必来之地。小镇很安静，也很悠闲，还有专门提供给房车自驾族的扎营基地。

远处还有三两个人在湖面玩着滑翔伞，他们时而悠荡在空中，时而点入湖面，自在如鸟。小镇处在山脚湖边，居民不多，更多的是旅行度假之人。这样的地方，只是坐在湖边发呆远眺，都是一种让人不舍离去的惬意。

天色渐晚，我们还要赶路，只能带着不舍离开小镇继续驾车前行。还好，前方的景色并未使我在惊喜之后感到失落。走出小镇没多久，我们就看见了一座连着一座的雪山，没有了绿色的映衬，这些雪山显得更为苍劲。

瑞士似乎是游走在山和水之间的国度，阿尔卑斯山脉像神灵委派在这里守护这个国度的守护神一样，蜿蜒清秀，随处可见的湖水、溪流与其相伴。初识瑞士，我觉得这个国度似乎就是一个处女座的画家精心描绘出来的一幅巨作，每一处细节都美到令人窒息。

一路的美景让我们都耗尽了所有的兴奋。夜幕降临时，我们距离当天的目的地还有近200公里的路程。我们带着更多的憧憬奔向了瑞士的最大城市——苏黎世。

我们到达苏黎世时，已经是晚上9点多了。当时雨已经停了，恰逢周末，街上的人很稀少，我们穿城而过到达预订的酒店。在旅行中，我更喜欢具有自然和民俗风情的小镇，小镇的精致与安静更多地呈现了一个国家、一个地区人们的真实生活。很多大城市都被同质化了，聚集了来自全球各地的旅行者。苏黎世虽然也免不了城市的俗，但还好我选了一个对的时间——雨后的周日，遇见了这座城市。

我们入住的时候，酒店餐厅的晚餐时间即将结束，我和服务生打了个招呼做了预留，把行李放进房间后便匆匆下来吃饭。酒店的服务生亲切而幽默，还能讲不带口音的英语。瑞士的官方语言是德语，但大部分居民都能讲德语、英语、法语3种语言。法国和意大利会讲英语的人并不是很多，还有很严重的口音。

我很喜欢瑞士人的幽默。我向服务生要一些免费的水，他开玩笑告诉我这个水是中国空运过来的，要20瑞士法郎一瓶，还让我教他讲中国话。后来我不小心把羽绒服落在了餐厅，再去取的时候服务生依旧笑着说需要花钱买回去才行。

周日早上的苏黎世格外清静，因为周日是他们的休息日，大部分超市和商店都会闭门休息。那天错过了酒店早餐时间，因此我们没有吃早饭，索性开着车直奔市中心。出来的时候天还是阴着，路上也没有什么行人，偶尔公交电车交错驶过，似乎也在有意压低着声音，生怕吵到休息的人们。一阵风吹来，一些枯黄的叶子在空中凌乱飞舞。毕竟是秋天了，尤其是在这样的天气里，我瞬间就被浓浓的秋意包裹了。

周日市中心的停车位也很充裕，我停车时发现周日停车还是免费的。为了安全起见，我又向站在路边闲聊的两个人确认了一下，他们仔细地看了一下停车公告牌之后笑着说“Today is lucky day, it’s free.（今天是幸运日，它是免费的）”。听到这样的回答，我非常开心，向他们道谢之后，我就飞奔到 Limmat（利马特）河边，寻找隔河相望的苏黎世大教堂（又称为双塔教堂）与圣母大教堂。

教堂在欧洲随处可见，但每个教堂都有着自己的历史与风格。我并无信仰，对于教堂的欣赏仅限于外表，也很难真正体会到一座教堂所沉淀的历史。我走进教堂只是为了用心去聆听尘世外的安静。

较多的欧洲大都市并不是想象中的那样高楼林立、繁华如锦，它们现代的繁华与历史的光辉相得益彰，苏黎世也是如此。我静静地坐在河边的长椅上，看着两侧古老的建筑，它们存在得真实而有价值。忽然，太阳拨开云雾透射出来。坐在旁边的一位“奶爸”看着婴儿推车里一大一小两个孩子自顾自地玩耍。

苏黎世也是因湖而命名，水与这个城市的交融浑然一体。我走到湖边时，人渐渐多了起来。湖边栖息着天鹅、野鸭等各种动物，好心的人专程带来食物分享给它们。湖边有一起跑步的夫妇、坐在长椅上发呆的人、拉着手风琴的卖艺者，大家享受着各自的生活与快乐，仿佛是不相干的，却又紧密地连在了一起，我在融入其中的时候也会自得其乐。

每个城市都有不同，旅行就是去遇见世间的每一个不同。用心或者不用心，随意就好，这就是苏黎世给我的感觉。

我们后面也去了著名的日内瓦，联合国的总部就位于这里。日内瓦街边琳琅满目的世界名表店铺让人目不暇接。但欣赏城市的魅力并不是我们到瑞士的真正目的，让任何人都无法拒绝的湖光山色才是我们心之所向的。

瑞士最负盛名的便是画卷般的湖光山色和乡村田野。这个躺在阿尔卑斯山脉臂弯中的国度，虽不临海，但却拥有数以千计的湖泊。瑞士的小镇与乡村是人与自然和谐共生的典范，小镇与乡村大都散落在山脚下或是湖边，是大自然精美画卷中的点睛之作。

最让我难忘的便是在爱蒙塔尔区一个名为 Affoltern（阿福尔特思）的小村落，这也是我精心挑选的一个地方，虽然并不知名，但我就是想体验一下原汁原味的瑞士乡村生活。

我们住在农户经营的民宿中，周围只有几家农庄，十分清静。村子旁边有一个当地有名的奶酪加工厂，还专门设置了一个奶酪博物馆供游客参观。游客在博物馆里可以品赏各式奶酪，也可以买一些带走。我和傅教授像是探秘一样观察周围几家农庄，站在牛棚旁看着牛吃草。

村子外侧有一条砂石路，蜿蜒悠长，不知通向何处。我独自一人沿着它走着，两侧是成片的玉米，刚好是成熟待收的时候，空气中飘散着淡淡的玉米香气。远处山坡上有两棵大树，突兀地站在一望无际的玉米田中。树的下面有一条长椅，我沿着路快速地走过去，站在坡顶看到了另外一番景色。远处有两座房屋，我隐约看到一辆拖拉机载着奶罐缓慢地行驶着。我兴奋地沿着下坡路狂跑，很希望自己化作一股清风，就这样融合在这里。

我跑到坡底的时候，不远处一位旅行者骑着单车缓慢地朝着我的方向过来。我停下脚步，等候着与她擦身而过。经过我身边的时候她很开心地向我打招呼，我愣怔了一下赶紧回应，然后转身看着她远去的背影。上坡路骑单车十分艰难，她把身子俯得更低，远处连绵的雪山仿佛是这一场景中巨大的画幕。那一刻，我被眼前的景色感动了，就那么呆呆地看着。不知过了多久，我忽然回过神想起应该拍一张照片。这张照片成为我旅行中最为珍贵的记忆，那情景告诉我旅行不在于形式，而在于内心的喜欢与坚持。

沿着小路继续前行，我看到一座房屋院子外的苹果树上挂满了红透了的苹果，房屋里有一位老叟在忙活着。小路通往一处牧场，再往前就变窄了很多，周围也多了几片森林。我慢慢地走着，四下超级安静，我能清晰地听到自己的呼吸声。牧场中的牛的脖子上都挂着一只大铜铃，随着牛的走动有节奏地响着，回荡在空气中。我站在原地不动，就只听着叮叮当当的铜铃声，偶尔还有牛的叫声。这似乎是最美的乐章了，让我无法自拔。

直到太阳沉进远处的雪山，天色渐晚，我才抽身不舍地抬步离开这里。回去的路上，我路过那处房屋，看见老叟和他的爱人坐在火炉旁喝着咖啡。我的驻足也引起他们的注意，他们笑着向我挥了挥手，我也笑着挥手回应，然后跑开了。其实我内心却无比希望他们能留我喝一杯咖啡，和我简单地聊上几句。我们有 3 天的时间，都是开车行驶在这些乡村小路上，其实这也是我的有意为之。我见到喜欢的地方就停下来静静地欣赏一番，而不去刻意地追逐什么。

少女峰堪称欧洲屋脊，峰顶终年积雪，小村庄米伦因为坐落在少女峰下而闻名。米伦的游客很多，我们坐了小火车到少女峰半腰处的小村落就没再往上走。村落中的居民不多，十分安静，村落中设置了少女峰的游客中心。我们 3 个人四处游走了一番，最后在一个小广场停下脚步。广场上有长椅和秋千，我看到秋千就很欢喜，跑过去坐在上面悠荡着，仰望着少女峰，十分惬意。

傅教授的爱人看着我说："真羡慕你可以坐在秋千上，我们这个年纪坐在秋千上就不像个样子了。"我理解她的意思，我劝说她坐到另外一个秋千上，宽慰她说这里又不是国内，更不会遇到熟人，不用担心。其实很多人都会像她一样把自己装进一个套子里面，什么样的年纪、什么样的身份该去做什么样的事、不该做什么样的事，不知不觉就生活在被众人设定好的生活中。

我常常不会将自己拘泥于此，我多了几分任性，喜欢做的事只要不违反法律和社会的公序良俗，不会因为别人的眼光和看法就不去做了。活成别人想要的样子是悲哀的，活成自己想要的样子才是幸福的。我大学的时候依旧喜欢喝一种儿童饮料，很多同学会打趣我，我都笑着不以为意。后来同宿舍的同学也放下了矜持，和我一起喝。据说鲁迅先生有一则小典故。他的牙齿不好，每次看牙医都很痛苦，然而他每次看过牙医后给自己的奖励就是点心、糖果等甜食。似乎很难想象众人眼中犀利、严肃的鲁迅会有这么可爱的行为，但正是这种率真才是活得通透的一种体现。

来瑞士一定不要错过莱芒湖。莱芒湖也叫日内瓦湖，是西欧最大的湖泊，位于瑞士和法国边境。乍听起来大家会觉得陌生，但坐落在湖畔的日内瓦和依云小镇会让人瞬间开朗。著名的高端矿泉水品牌依云也正是产自位于法国境内的依云小镇。

莱芒湖虽壮阔、美丽，但让我有些无所适从，反而是一路上遇见的那些不知名的小湖泊更让我神清气爽、流连忘返。

见过山水，唯有融入其中的宁静让人深刻。多少人向往瑞士的乡村生活，其中的缘由也不必说，置身其中的时候，内心自然就会给我们一个答案。

离开瑞士时，我们都有些意犹未尽，我也后悔此次行程留给瑞士的时间有些少。直至今日，如果有人问我想再去哪个国家旅行，我一定会毫不犹豫地说瑞士。心中带着遗憾，我们沿着莱芒湖边驶回法国境内，来到水中的安纳西。

安纳西也被称为“小威尼斯”，虽不及威尼斯盛名在外，但却多了几分小众的惬意和祥和。这次旅行我避开了很多大城市，更多地选择游走在一些别具风味的小镇中。我想逃避旅行中的人群，走进这个国度、这个民族的深处。我们匆匆而来，短暂停留，又匆匆而去，留存在内心的却是永恒的安静。

安纳西距离日内瓦并不远，处在日内瓦与尚贝里两座城市之间。安纳西小镇的位置得天独厚，背靠着阿尔卑斯山脉，依偎着安纳西湖，占尽了湖光山色。

我们住在城堡旁的一家旅馆，院子里可以停车。因为连日的奔波，加上饮食的不习惯，傅教授身体有些不适。到了旅馆之后，傅教授早早地休息了。安顿好之后，我依旧迫不及待地独自走了出去。我在旅行中总是异常兴奋，从不会感到疲累。因为每一处风景都在静静地等候着旅行者的经过，而我也是它们的风景。

下午的小镇上，人流稀少，我自顾自地沿着水流走着。水流是从城南的安纳西湖而来，一脉流进城，后又分开几脉，置整个小镇于水上。水中各种水鸟悠然戏水，这个时节天鹅最多，也最为抢眼。它们的高傲神情与小镇相得益彰，虽不拒人千里之外，但也让人不忍亵渎。邻水两侧的房屋多为店铺，餐厅、酒吧居多，也有一些小店是卖纪念品的。

安纳西终不是纯粹的无名小镇，它的盛名还是吸引了很多的游人来此，因此小镇也颇具商业气息。我走过了一些国家，因此对旅行中大同小异的纪念品渐渐地失去了兴趣。而且很多东西即使买了回去，最终大都无用武之地。偶尔我会在特色的明信片店里，购买一张明信片，写上一段话邮寄给未来的自己，这是一件饶有趣味的事情。

我边走边看，穿过一座小桥，水边有一处树荫遮挡的空地，两个长椅面对着匆匆的流水。我择一处而坐，另一处坐了一位老人，在他周围还有三只狗。我们谁也不去打扰谁，各自享受着自己的时光。偶尔经过一两个人，会和老人攀谈几句。我并不知道他们是游人，还是当地的居民。我秉承了大多数东方人的性格，不善于和陌生人攀谈，虽然现在我学会了主动微笑，偶尔也会和路人攀谈几句，但终究还是不习惯。

面前的水流不知道会奔向哪里，就如同我不知道自己有一天会漂到哪里一样。但我不愿多想，我信奉水到渠成，只专注于眼下的快乐生活便好，又何苦劳心去想那些遥远的事情。

坐了片刻，我起身走进了老城区，这里没有水流。老城区内的行人俨然少了一点悠然的神情，多了几分奔波的神色。我仔细地观察着每一个人的表情，去猜测他们在想什么、要去做什么，或许这也是一种交流吧。路过一间超市，我走了进去，买了一些食物作为晚餐。

我第一次出国旅行就是在美国西部自驾，当时也是食不知味，最后每天捧着一盒蔬菜沙拉度日。买了东西我打算回旅馆，回去时我特意选择了一条不同的路。我知道向着水的方向走，穿过水流我就很容易找到旅馆了。回去的时候恰巧遇到了当地的居民游行，我看不到游行者的愤怒，也并不嘈杂，只是在广播里讲着他们的诉求。警察淡然地疏导着游行者的方向，一切井然有序，不知道这样的游行在这里是否会奏效。

我拎着东西穿过一处教堂，教堂前是一个当地居民活动的小广场，广场各处有几个雕塑。通过一条小径绕过教堂，我就又回到了水边，站定后判断了一下旅馆的方向。我虽然方向感不强，但总能凭借路边的参照物到达目的地。每个人的优缺点不一致，但总有着适合自己的方法去解决一些问题。孔夫子所云的“三人行，必有我师焉”也与此有关吧，至少我是这么看待的。

回到旅馆后，我把买来的东西送给傅教授作为晚餐，他简单吃了一些之后便继续休息了。傅教授的身体已有好转，我陪着他爱人出去走了走，在一个比萨店简单地吃了我们的晚饭。入夜的小城并不喧闹，零星几家酒吧在开着。我一直不喜热闹，尤其是守着一群陌生人的热闹，因此我觉得还是躲回酒店休息比较好。

次日，我们继续前行，开往巴黎。但为避免过于疲乏，我们选择在第戎停留一晚，欧洲旅行随着再次靠近巴黎也在逐渐接近尾声。

四、初识澳洲

2014 年，我刚换了工作，新公司的领导不允许我请假提前出行，因此十一假期到澳大利亚旅行的计划略有周折，但我改签机票后还是坚持开始了这次旅行。

对于路线的规划，酒店、机票的预订等事宜，“蜗牛”没有干预，而小智只是单纯地陪同我出行，因此这次旅行算是我真正独立地规划一次行程的开始。

我和小智晚了两天到达墨尔本，“蜗牛”和她的一位同事提前开始了他们的行程，我们约定在悉尼会合。刚到墨尔本走出机场时，我有些茫然。但小智还在等着我安排下一步的行程，因此我尽量让自己保持冷静。

我们坐了机场到市区的巴士，在弗林德斯大街火车站下车。我用导航定位酒店的位置，按着路线走到了酒店，一切都还算顺利，这也给我的内心增加了些信心。

按照原计划，我们打算在墨尔本停留两天。但因为计划有变，我和小智只用了一下午的时间简单地逛了墨尔本。我对此坦然接受，因为这次旅行能够正常出行我就很知足了。

第二天很早时，我和小智就到租车行提取了车，准备自驾到悉尼与“蜗牛”他们会合。墨尔本距离悉尼有900多公里，虽然我有了美国西部自驾的经验，但小智没有任何海外自驾的经验，因此这次自驾行程主要靠我自己。澳大利亚是右舵驾驶，我第一次驾驶右舵车，心里略有忐忑。

早上9点左右我们出发了。刚开始我很不适应驾驶右舵车，但对于左右不分的我来说，适应起来倒是很快。我慢慢地跟着前面的车行驶，除了在转向时会把雨刷杆和转向杆拨错以外，其他都还好。驶入高速后，驾驶起来就轻松了很多，但中途因为超速被抓，我再次拿到了罚单。不过有了在美国时的经验，我也驾轻就熟了，淡定地处理完罚款后，我们继续上路了。后因高速修路，我只能驶出高速走小路。

在小路上，我在一个小村落的加油站停下来给车加油并简单休息。加油站的老板见到我有些掩饰不住的好奇，他略带羞涩地和我聊天，问我要去哪里，我告诉他我要从墨尔本自驾到悉尼。他还问我对澳大利亚的感觉如何，我用蹩脚的英语笑着回答“Beautiful”（美丽的）。在那位老板的祝福中我们继续上路。小智一路都在睡觉，让我有些恼火。驾驶中我也是疲惫不堪，便找了个地方靠边停车小憩了一会儿，才继续开车前行。我一个人开完全程，到达悉尼的时候已经是夜里10点了。

我预订了一家青年旅社作为落脚点，刚好同住的也是来澳大利亚旅行的中国人，他们都是60多岁到70多岁的退休老人。晚上我和他们聊了一会儿天，我被他们的生活态度感染到了。他们一行是4对夫妇，几位老人分工很明确，有负责规划行程的，有负责开车的，有负责沟通的。他们都生活在上海，是相处多年的好友，负责沟通的那位70多岁的老人是一位退休的英语教师。他们给我讲述了行程中有趣的事情，还告诉我他们计划下一站去美国自驾。

在从悉尼飞往艾尔斯岩的飞机上，我也遇见了一位加拿大的老太太，她就坐在我的身旁。她年近七十，一个人出来旅行，因为不会使用互联网，她的孙女提前帮她规划好行程，预订好各种资源，然后把行程材料和图片保存在她的 iPad 上，她按着行程一站一站地旅行。她生活得十分精致，下飞机前，她还特意到卫生间补妆。这些老人对生活的热爱，让我钦佩，也让我羡慕。生活的美好不在于拥有了什么，而是用什么样的心态去面对。

到了悉尼，我们没有急着和“蜗牛”他们会合。第二天我独自去悉尼歌剧院和海港大桥逛了一遭，小智一个人留在青年旅社睡觉。我认为出来旅行应该多走走看看，小智觉得想干什么就干什么。当时我觉得很诧异，还为此和小智吵了一架。这次旅行之后我再也没和小智一起旅行，倒是他爱人小鱼非要跟着我旅行，我们前后一起出行了几次。

现在想来，我也的确不必去强求什么，每个人的观念不同，若是都是一个模子刻画出来的，反而是个恐怖的事情。而且朋友之间相处也要求同存异，没有两个人的观念是完全相同的。选择合适的人做合适的事情，有一颗包容的心格外重要，这样既愉悦了自己，也愉悦了他人。

悉尼歌剧院的盛名不必多说，它是悉尼这座城市的地标与灵魂，甚至代表着澳大利亚这个国度。它贝壳状的设计独具一格，于 2007 年被列为世界文化遗产。凡是到过悉尼旅行的人，总抗拒不了诱惑要来一睹其芳容，如果能够在其中看一场演出，那就更加完美无憾了。

海港大桥就在歌剧院的不远处，横跨在海峡之上，连接悉尼市区和北悉尼地区。海港大桥全长 503 米，高 104 米，是一座全钢结构的单孔衣架式大桥。桥上设有汽车和火车道，也有人行道。我徒步至桥上，远眺城市的景色，近看轮船从桥下经过。我把双手架在栏杆上，托着下巴，静静地凝视着眼前的景色，来来往往的行人仿佛都不在我的世界中存在。

大桥的北侧，就是北悉尼区域。这里是居住区，不同于南侧 CBD 的繁华、热闹，这里安静很多。草坪上的小孩子自顾自地玩耍，母亲在一旁看着书晒着太阳，互不干扰。我走在小路上，看着院子里的居民惬意地忙碌着，仿佛这就是岁月静好。

傍晚，我在青年旅社附近的一个比萨餐厅吃了晚饭。服务生给我推荐了比萨，我也不知道是什么馅料，只单纯地觉得很好吃，后来我感觉应该是袋鼠肉。我将未吃完的比萨打包带回去给小智，他在青年旅社窝了一整天。我也不想在旅行中计较这些，影响彼此的情绪，索性就由着他去。小智吃过比萨后想出去走一走，这时天色乌黑，街灯亮起，我带他到歌剧院转了一会儿。期间我们也尝试沟通彼此的想法，却没有非要说服对方。

“蜗牛”他们住在邦迪海滩附近，距离市区有一定的距离。邦迪海滩是闻名澳大利亚乃至世界的海滩，是当地居民和旅行者娱乐、冲浪、游泳的好去处。在这里哪怕什么都不做，只晒晒日光浴，都会让人心满意足。

早上，我和小智到邦迪海滩接上“蜗牛”他们，一起开车去往位于悉尼西部的蓝山国家公园。阳光明媚的天气，蓝山地区的原始森林散发着蓝色油雾和桉树的清香，远远地看着，像是一层蓝色的薄纱罩在群山之上，蓝山也因此而得名。

我们4人在蓝山公园选择了一条最短的徒步路线，往返大概1个小时。返回的时候刚好是午饭时间，我们便在附近的小镇上找了一家餐厅吃午饭。阳光格外地好，而且刚好是周末，来这里游玩的人很多，餐厅也很快挤满了人。我们选择了一个户外的餐桌坐下，吃完也没急着离开，而是各自点了一杯咖啡，怡然自得地品着，随便找一个话题闲聊。

下午我们返回邦迪海滩。日落时分，我们几人在海边走走停停，偶尔找个地方闲坐。可惜天气过于晴朗，少了天边的云，落日并没有什么惊艳之处。这是我们在悉尼最后的一晚，转天我们乘飞机一同去了艾尔斯岩。我们就是在这次飞行中遇见的那位加拿大独自旅行的老太太，下了飞机之后才知道我们还住在同一个酒店。后面两天我还煮了泡面给她吃，她赞不绝口，分别的时候还特意拥抱了我，并说我一定会找到一位善良且美丽的爱人。

艾尔斯岩是自然的奇迹，位于澳大利亚的红土中心地带，被誉为“澳大利亚的心脏”。宽阔的平原上，突兀地屹立着一块大岩石，高约348米，圆周约9.4公里。据称艾尔斯岩是世界上最大的单体岩石，它就像一个巨大的按钮，不知道会触动地球什么样的地壳运动。艾尔斯岩还会随着时间与气候的不同，呈现出不同的颜色。我们去的时候，它是暗红色的。

艾尔斯岩在澳大利亚土著人心中是神圣不可侵犯的，他们守护着它，并称之为“乌鲁鲁”。土著人作为向导，带着我们一众游客走入这神秘的境地。他们用英语向游客介绍着“乌鲁鲁”的传奇故事，我们听不懂英语，“蜗牛”将向导说的话转述给我们。

艾尔斯岩飞往达尔文的机票我没有提前预订，因为我想随性而动，但是没想到在我们要离开的时候却买不到机票了。我们尝试到机场直接购买机票，却被告知只能打航空公司电话购票，还好“蜗牛”搞定了机票的预订，我们顺利地到达了达尔文。

达尔文位于澳大利亚的北端，靠近赤道，是北领地的首府。小城依靠着得天独厚的地理优势，具备良好的港口和旅游资源。达尔文周边有很多原始地貌的国家公园，我们也是因此而来，主要目的地就是卡卡杜国家公园。

我们没有在达尔文小城过多地游览，只是在这里住宿、吃饭。有趣的是，我在街上遇见了一位巴基斯坦的小伙向我问路，我尴尬地表示我只是游客，也不清楚这里的情况。他倒是饶有兴致地追问我是哪个国家的，我告诉他我来自中国。他异常兴奋，激动地说：“We are friends! Pakistan and China are friends!”（我们是朋友！巴基斯坦和中国是朋友！）最后，他要求和我握手拥抱，我也笑着接受了。

卡卡杜国家公园是澳大利亚面积最大的国家公园，我们在达尔文租了车，开车前往那里。公园里有丰富的生态地理环境，有著名的吉姆吉姆瀑布，也有悬崖和浅滩，还有成片的草原和湖泊。我们刚驶入公园，驶过小河上的一座桥，就看见一只巨大的鳄鱼在慢慢地游动着，这令我有些毛骨悚然。

我就是在这里徒步去吉姆吉姆瀑布的时候，遇见了背着不到1岁的孩子旅行的比利时夫妇。我们一路结伴前行，最后也一同到达瀑布的下面。当时的季节是枯水期，瀑布也暂时干涸了，只有深渊之下的两潭湖水。我们在湖水中游泳，清晰地看见湖中密集的鱼群在慢悠悠地游着，给人一种“只可远观不可亵玩焉”的感觉。我的水性不好，因此不敢游到太深处。比利时夫妇时不时地和我们聊天，我看着他们的孩子坐在水边愉快地玩着水，不禁暗暗地想：我有孩子的时候，也一定带着他这样旅行。

傍晚，我们坐在一处高高的岩石上，远眺着一望无际的草原。雨季的时候，这里是成片的湖水，我们坐着的岩石都会被淹没。较为原始的自然生态环境，孕育了苍鹰、朱鹭、鹊鹅等多种鸟类，且总体数量达到了五百万只。这里还有很多澳大利亚特有的动物，譬如，澳大利亚野狗、小袋鼬、黑纹大袋鼠以及著名的咸水鳄。可惜雨季的时候，游客无法进入这个公园游览。我们坐等太阳渐渐落下，然后才驱车返回达尔文。

从达尔文返回国内的时候，我们在新加坡转机停留了一日。我们凭机票可以在新加坡享受过境签待遇，但最多可以停留 72 小时。我们趁机简单地游览了这个 70% 以上人口都是华人的国度，粗略地感受了它独特的文化。

2018 年的新年，我再次到澳大利亚，在大洋路上完成了跨年。我也曾想着再找机会去墨尔本去看一次被誉为网球“四大满贯赛事”的澳大利亚网球公开赛，但至今还未实现。其实，澳大利亚和我的缘分还很深厚，我的很多朋友也陆续移民到那里生活。澳大利亚还有很多我未曾去过的地方，我相信终有一天我会和它再续前缘。

五、两进非洲

对于到非洲旅行，我一直有些犹豫，因为非洲被各种外界信息渲染成了一个神秘之境。在我看来，非洲既有各种不安全因素，也有着让人神往的奇幻色彩。

旅行多年，最终我还是来了非洲。我的非洲之行和一个人息息相关，那就是三毛。和我出生于同一个年代的很多人，都会在她的文字中憧憬着撒哈拉沙漠，而她生活过的摩洛哥也成为我到非洲旅行的第一个国度。

我是三毛的忠实粉丝，我买了她不同版本的成套的书籍，但很多都不敢读完。我总会在她的文字中隐约读到导致她凄美结局的阴郁，或许那是我自己的内心在作祟，因为我本就喜欢沉浸在忧伤之中无法自拔，所以对于她的文字我总是浅尝辄止。我对写作的热爱，一定程度上也是受到三毛的影响。她的文字打动了我，我也希望有朝一日我的文字也可以打动其他人。

我带着某种向往和期待奔赴摩洛哥，但我也知道，在这里我终究是找寻不到关于三毛的任何痕迹，也许只会看到她看过的日落。

前往摩洛哥不需要像前往其他非洲国家一样提前打疟疾疫苗，摩洛哥对中国游客也是免签的。我没做什么准备，买了机票就准备开始这次旅行。安安知道后，想一起同行，我也没有拒绝。

我们往返都在阿布扎比转机，去的时候，刚好有一整天的时间可以在阿布扎比游逛一下。我从来没想过专程到中东地区旅行，包括迪拜。阿布扎比据说是比迪拜还富有的城市，也是阿联酋最大的城市，距离迪拜也不远。飞机在清晨落地在阿布扎比，我和安安办完出境手续出来的时候，是早上八九点。我们要乘坐凌晨之后阿布扎比飞往卡萨布兰卡的飞机，中转的时间还很充裕，因此我们有足够的时间在这座城市里走一走。

坐了机场大巴到达市区后，太阳已经升得很高，气温瞬间上升。我们看到不远处一个商场已经开门营业，便径直走过去，刚好避一避室外的高温。基本上我们就在这座商场中度过了一天的时间。其间我无聊，出来想在附近走走，但地面热浪翻腾，热气很快就穿透鞋底。太阳仿佛要把人烤化一样，路边的棕榈树也垂头丧气的，十几分钟我便受不了继续躲回了商场。阿布扎比城市的外表并不奢华，建筑规划整齐，城市干净整洁。它就像一位年轻有为的小伙子，不会让人一眼爱上他，但也愿意花上点心思品味一番。

傍晚时分，气温降下来许多，我和安安坐公交到谢赫扎耶德清真寺。如果到阿布扎比，没有到过谢赫扎耶德清真寺，那就等于没来过阿布扎比。清真寺承蕴着城市的文化和民族的信仰，建筑的豪华程度也让人叹为观止。大清真寺的 4 个尖塔和 82 个圆顶全部由汉白玉精雕而成，寺内墙壁上雕刻的古兰经全部是 24K 金镀成，连廊一侧修建的喷泉水池，白色带着金色点缀的建筑与水中的倒影相映成趣。

夜幕降临，清真寺内灯火通明。微风拂过水面，令人清凉了许多。四下虽然人很多，但却很安静。我坐在水池旁，看着天空中的星星一颗一颗亮起。

摩洛哥有着独具一格的文化特色，可以说摩洛哥是最不像非洲国家的国家。到达卡萨布兰卡之后，我们没有多做停留，在机场提了车，直接开车到了拉巴特。拉巴特是摩洛哥的首都，与马拉喀什、菲斯、梅克内斯并称为“四大皇城”。可能是先入为主的原因，我很喜欢拉巴特这座城市，城中有很多摩洛哥的著名景点，例如老皇宫乌达雅城堡、像舍夫沙万一样的蓝色房屋、摩洛哥特色的麦地那，以及海边沙滩等。整座城市的建筑融合了欧式建筑和伊斯兰建筑的风格，很有年代感。

我们入住的酒店也是当地传统的建筑，通体白色的墙壁，内中更像一个四合院，只不过院子上方有棚顶，楼高一般都是三四层。入住的时候，老板特地送上当地特色的薄荷茶。但味道着实有些怪异，我抿了一小口就放下了。

虽然经历了两天的舟车劳顿，但我们依旧兴致勃勃。酒店距离海边沙滩很近，我和安安办好入住手续之后就出去闲逛。天气阴着，略微有些冷，海边聚集了很多商贩，还有一些供儿童玩耍的设施。有几个少年在狭窄的区域内踢着足球，场地的窘迫和来往的行人完全不影响他们的兴致。

哈桑塔、乌达雅城堡等代表性的景点都在市区内，信步可达。这些景致都不是我刻意追求的，城市轻松的氛围才是让我最舒适的。摩洛哥是北非最富足的国家，社会稳定性也是最强的。之后，发生在摩洛哥的一件事情，至今让我不能忘却。

我和安安在菲斯的时候，住在老城麦地那区域。清晨我们醒来都很早，就趁着人少安静，在麦地那城区中闲走。麦地那的老街很狭窄，街上只有零星的行人，偶尔会看到居住在此的人在准备着店铺开门。我们漫无目的地走着，也没有去看攻略中介绍的景点，只是想感受一下麦地那的老城气息。我们走着走着，遇见一位主动搭讪的本地男人，年纪似乎 30 岁左右。他给我的感觉并不好，我也没什么兴致和他聊天。

他借机拉近和安安的关系，主动要求带我们四处转转。旅行中经历多了，我有些警觉，便问他我们是否需要付费给他。他说不用的，都是朋友。我依旧放不下心，故意放慢脚步走在他们后面，趁他不注意将口袋里的现金分到四个口袋里。走了一会儿，他开始向我们推销他们的皮具，不断地夸奖着皮具制作得如何好。我和安安都是经常旅行的人，对于这些东西几乎没什么兴趣。

而且我和安安在丹吉尔麦地那的时候，曾驱车误驶入一段单行道。当时我们找不到方向，导航也失灵了，我开车绕了很久都走不出去。当时也是当地一个男人主动帮我们引路，但停下车后他缠着我们不走，无奈之下我们买了他推荐的护发精油，并给了他一点小费。

所以，我和安安对于眼前这个男人推荐皮具颇为反感。他察觉之后，也不再说什么。我和安安很想摆脱他，便提出我们自己转转就好，让他去忙自己的事情。他笑着说不忙，并主动去帮我们买水。我心里已经有很强的预感会有不好的事情发生。果然，他又叫了另一个男人出来，说是他的朋友。他热情地把水递给我们，我拒绝了，安安也只是把水拿在手里。我心里一直在盘算着如何应对这个情况，尽早摆脱他们。

还没等我想好，他们将我和安安引到麦地那外围的一处荒地，然后露出了他们的邪恶嘴脸。他们拿出藏在口袋里的匕首，指向我们，但还好并没靠近我们。我刻意和他们保持着距离，安安则按捺不住心中的怒火，欲凑上前和他们理论。我赶紧制止安安，让她站到我后面去。我很清楚他们的目的就是要钱，我便从裤子的一个口袋中拿出钱给了他们。他们拿到觉得太少，依旧不依不饶。我便说，我们早上出来只是闲逛，也没有计划要买什么东西，所以也没带什么钱，钱都在酒店，他们可以和我们一起到酒店取钱。

我心里盘算着，只要我们能回到酒店，就可以报警。当然他们也知道这一点，所以也不同意，我们双方就这么僵持着。无奈之下他们表示不相信我身上只带了这么一点钱，我便将刚掏出钱的口袋翻了出来，告诉他们我的确没有钱了。他们见状没再说什么，还好也没有靠近我们。他们用本地话说了些什么我也没听懂，然后就离开了。

我和安安站在原地没有着急走，直到他们走远些，才赶紧快步地往酒店方向走。回到酒店，我们心神平复下来之后，安安有些自责。我便安慰她不必放在心上，并告诉她我早就把钱分开放在 4 个口袋里，我向安安炫耀我的机智，她被我逗笑了。这件事也就这么过去了，很庆幸我们都没有受到伤害，损失一点钱也是小事。

我告诉安安，以后遇事不要冲动，安全第一。其实，我心里也明白，安安当时的冲动是源于自责，而不是不懂顾及人身安全。安安是和我旅行次数最多的朋友，加上我们也是研究生同学，我们有足够的默契，不会让这些偶发负面的事情影响到我们旅行的心情，更不会影响到我们的朋友关系。

在丹吉尔的斯帕特尔海角的时候，我们遇见了一位新婚的小伙，还有一位弹着乌德琴的老人，他们的热情与单纯同样让我记忆深刻。小伙穿着民族服装，十分俊美，看到我们很欣喜，和我们攀谈了很久，还主动和我们合影留念。我们坐在老人旁边听着他弹琴，老人见我们饶有兴致，便略带羞涩地邀请我们也尝试一下，耐心地教我们如何拨动琴弦。旅行中的温暖和危急时刻都存在，我们选择记住哪些、忘却哪些也并不重要，那些重要的东西只会沉淀在心底，等未来的某个时刻，会因为某一个触动而泛起涟漪。

“白色的城”得土安和“蓝色的城”舍夫沙万，我们都有停留。在丹吉尔开往得土安的路上，我们在一个不知名的海边公园停下休息。从地图上看这片海域正是直布罗陀海峡，对面就是西班牙，海峡连通着大西洋和地中海。我对这些曾多次出现在地理课本中的景致格外喜爱，“纸上得来终觉浅，绝知此事要躬行”，当我身临其境的时候，曾经所学跃然于心，勾勒出的画面与现实情景交融，我的内心也多了些许欢喜与厚重。

很多来摩洛哥旅行的人，都不愿错过舍夫沙万，这里是世界上著名的三座“蓝色小镇”之一。麦地那的房子被染成各种蓝色，散发着浪漫迷人的气息，置身其中，仿佛置身于油画中。小孩子们走街串巷地玩耍着，若是给他们拍照，就会看到他们脸上的羞涩，不过如果你给他们些零钱，他们也愿意任由你拍。

我们从菲斯驶回卡萨布兰卡的时候，刚好遇到了世界杯摩洛哥的一场比赛。我们在途中的一个小酒馆停下休息，喝着可乐，与当地居民一起观看比赛，我们的融入让他们的兴致更为高涨。我并不是足球爱好者，但这样的氛围值得体验。

卡萨布兰卡算是我们这次旅行的最后一站。这座城市太过著名了，可能是因为一部电影，可能是因为一首歌，也或许是因为它独有的魅力。以《卡萨布兰卡》电影中场景打造的餐厅 Rick's Cafe（里克咖啡厅）成为众多游客必去之地。我和安安虽然没有刻意寻找，但遇见的时候，刚好要到午饭时间，便打算在这里就餐。我因为穿了拖鞋被拦在门外，餐厅要求就餐的客人必须着装正式，还好在我的恳求之下，服务生同意了让我进入。餐厅主营西餐，口味并不算上乘，更多是营造了一种怀旧的浪漫氛围。

卡萨布兰卡堪称“现代艺术试验场”，这里吸引了来自欧洲的大批建筑设计师。最具代表性的建筑，便是屹立在大西洋岸边的、世界最高的清真寺——哈桑二世清真寺，这座清真寺是由法国著名建筑师米歇尔·朋索带领两万多名艺术工匠打造而成。清真寺的内饰极为奢华，使用了 6.5 万吨大理石。远远地望去就会让人目不转睛地注视着它，可以说，哈桑二世清真寺是卡萨布兰卡当之无愧的地标建筑。

卡萨布兰卡的美正如电影中英格丽·褒曼饰演的伊尔莎，婉约动人，浪漫多情，总会让人情不自禁地爱上它。

安安因为工作原因比我早一些离开，早上我开车将她送到机场，便在地图上随意找了一个附近的小镇开了过去。我漫无目的地在小镇里走着，先是在一家咖啡馆吃了早餐，然后去他们的早市里闲逛，中午在路边的餐馆尝试了摩洛哥的特色塔吉锅。我在这里成了“稀有动物”，总会被路人观望，当然也会受到餐厅老板的优待。

我还遇见 4 位本地年轻的姑娘迎面走来，她们早早地发现了我，便相互嬉笑着说着什么。她们的笑声也感染了我，我微笑着看向她们。我和她们擦肩而过的时候，其中一位姑娘害羞地说了一句“Welcome”（欢迎），我也下意识地回了一句“Thank you”（谢谢你）。听到我的回复，她们笑作了一团，我也笑着回头望向她们。

我在傍晚开车离开了小镇，驶往卡萨布兰卡机场。这次行程没有去往撒哈拉沙漠，那里有三毛和荷西的痕迹，我会和我的爱人一同去。

第二次来非洲是为了到肯尼亚看动物大迁徙。在我看来，肯尼亚才是非洲普遍性的代表。不过到肯尼亚旅行，完全自驾并不现实，当地交通基础设施不完善，路况也比较复杂。种种原因之下，我选择了包车旅行，由当地人开车带我们旅行。我联系了旅行社，提前预订了相应行程。我提前办理好签证，并到国内的疾控中心接种黄热病疫苗，入境的时候海关要检查《国际预防接种证书》。总的来说，去肯尼亚旅行并不是一件特别简单的事情，而且所需费用要远远超出去其他国家旅行的费用。

这次旅行，二姐要跟着我出行，她曾经跟着我一起到俄罗斯旅行。她的加入刚好可以摊销一部分旅行费用，我也就欣然接受了。

我们清晨 6 点左右落地内罗毕机场，经过繁杂的出关流程，顺利地找到了来接我们的司机兼向导，那是一位健壮的中年男人。起初我对他有些心理上的恐惧，这是源自我以往旅行中曾遇见过一些不好的人，心理有一定的阴影。还好这位司机很健谈，还主动和我们开玩笑，很快就营造出了轻松而愉快的氛围。二姐不会讲英语，全程都是我和司机在沟通。二姐时不时说着汉语、比画着手势和他开玩笑，也为我们这次旅行增加了很多欢乐。

我们开车直奔安博塞利国家公园，途中休息了两次，司机去银行取了钱，用于途中花销，我也取了点钱，以便备用。肯尼亚能刷卡消费的地方并不多，大都是现金支付。不过后来我才知道，相对于当地币，他们更愿意收美元，汇率换算也要比银行取钱的汇率优惠一些，所以带些美元在身上即可。

安博塞利国家公园是非洲的度假胜地之一，位于肯尼亚与坦桑尼亚交界地区，距离内罗毕两百多公里。非洲第一高峰乞力马扎罗山也在这里。我们中午时分便到达了公园外的酒店。吃过午饭，稍事休息，司机便带着我们开启了野生动物观赏之旅。

刚进入公园，我们就看到了几只长颈鹿，后又看到成群的黑斑羚、斑马、角马，还有被称为“安博塞利明星”的大象。这些动物一时间让我目不暇接，也让我的内心充满了激动。车子是敞篷式的，我们可以站在车内直接望出去。动物们对于车子和人们似乎都见怪不怪，它们淡定的表情就像什么都没有发生一样。

我们还难得地看到了狮子，一雄一雌，就在路边的草原上休息。司机停下车让我们尽情欣赏，雄狮舒展了一下身体，突然发起了交配行为。我们被这突如其来的场面搞得有些尴尬，司机打趣说，这是很难见到的情景，是幸运的，我们也便开怀大笑。直到日落时分，我们才驱车驶回酒店。司机加速开着车，掀起路上的尘土，落日余晖映红了天际和草原。我回望这一切，享受着纯朴自然的美丽。

第二天晨起，我们在公园中继续追寻着各种动物。第一天兴奋过度，导致我们第二天的兴致衰减了许多，淡定中多了几分平和的心态去领略非洲大草原的真正魅力，感受自然最原始的模样。

下午，司机带着我们去了马赛人的村落。马赛人是东非民族，是非洲原始的民族之一，主要生活在肯尼亚南部和坦桑尼亚北部的草原地带。马赛人以游牧为生，牧场是公有的，牲畜以家族为单位进行划分。从外部看来，马赛人的村庄是一个圆环，其外围有用带刺的灌木围起来的篱笆，以预防野兽袭击部落。马赛人居住的房屋很小，而且是用泥土垒砌而成的。

近些年旅游业也成为马赛部落的主要收入之一。我们到达村落时，村民排成一排跳起欢迎的舞蹈。欢迎仪式结束之后，有两名男子带领我们参观部落，并向我们讲述他们的历史和生活现状，还向我们演示他们如何钻木生火。我和二姐还特意到他们居住的房屋内参观。房屋只有几平方米，空间很紧凑。屋内有两张简单的床铺，一张供父母使用，另一张供 3 个孩子使用。屋子中间搭建了一个简单的锅灶，供日常做饭使用。房屋内只有两个很小的窗户采光，以致屋内光线十分暗淡。参观完部落，妇女们迅速地拿出自己做的手工艺品推荐我们购买，我和二姐象征性地买了几件留作纪念。

后来我们在马赛马拉国家公园的时候，到访了另一个马赛人的村落，那里有学校，儿童可以上学。教室是木板和铁皮搭建的简易房，倒是宽敞明亮。我们到访之后，他们特意把孩子喊回教室，展示了他们日常上课的情形。我和二姐都捐了一点钱给他们，虽然知道这些钱未必能投入到他们的教育中去，但如果能改善一些他们的生活也是好的。我们将带来的零食分给孩子们，他们拿到东西就赶紧跑开，然后远远地看着我们。

马赛人也在逐渐地适应社会的发展，有一些马赛人开始到城市中就业谋生。随着时代的发展，或许马赛部落也会逐渐消失。

乞力马扎罗山平时会被云雾遮掩，只有在清晨和傍晚时分才有机会看到山体的全貌。我们在清晨离开了安博塞利国家公园，当时太阳刚刚升起，车子行驶到转角处，终于看到了乞力马扎罗山。朝阳的光辉洒落在山顶的积雪上，那些积雪像是披了一层金纱衣。遥望傲然耸立的乞力马扎罗山，海明威笔下《乞力马扎罗的雪》中的壮丽景象豁然映入眼帘。

我们沿着东非大裂谷前行，驱车前往奈瓦沙湖。东非大裂谷堪称“地球伤疤”，长达 5800 公里，因非洲板块和印度洋板块的张裂拉伸而形成。身临其境俯视一眼望不到尽头的谷底，我深感自己的渺小。

东非大裂谷还是一座天然蓄水池，非洲大部分湖泊都集中在这里，大大小小的胡泊有 30 多个，奈瓦沙湖就是其中之一。奈瓦沙湖虽然并不出众，但其湖、光、山、色无一不自在随意。这里有 400 多种鸟，以该湖为家的所有鸟类品种比全大不列颠群岛的还多。

泛舟湖上，湖水清澈透爽。湖中有一个小岛，岛上聚集了成千上万的鸟，船只靠近时若是有些声响，便会惊起群鸟乱飞。湖中也有很多大型的水鸟和河马。河马巨大的身躯让人敬而远之，它们静静地趴在岸边的浅水区晒着太阳，偶尔有一两只起身走动觅食，憨态可掬的样子又让人十分喜欢。我们住的酒店外围就生活着几只河马，酒店会把清理草坪的草投喂给河马，住客可以在铁丝网外观赏河马。

肯尼亚高级酒店的内外可以说是两个天地，酒店内的环境清雅奢华，住客神态悠闲，享受着酒店提供的高等餐饮、娱乐等服务。而酒店之外，有很多食不果腹的居民，让人不忍详说。

此行我们还特意预订了位于阿布戴尔国家公园的 Treetops Hotel（树顶酒店），这是肯尼亚最为著名的酒店。酒店的外侧有个池塘，时不时会有野猪、大象、豹子等动物到池塘边喝水，我站在酒店的窗边就能看到。早晨日出前，通过窗户我可以清晰地看到非洲第二高峰——肯尼亚山。

在正式进入马赛马拉国家公园之前，我们先前往博格利亚湖，为了邂逅栖息在湖中数以万计的火烈鸟。若不是亲眼所见，我不敢想象湖水是如何被一群火烈鸟映红的。远远望去，粉红色的一片，像是浸在湖水中的染布，那鲜艳的色彩让人眼前一亮，让素淡的湖水多了几分妖娆。

途中，我们穿越赤道的时候，司机特意停车休息，休息区有人专门演示赤道小实验。他们做了一个漏斗，上面倒满水，然后放上一片树叶，水流出的时候会产生漩涡，树叶随之转动。地转偏向力在北半球向右偏，南半球向左偏，在赤道上不偏转。一线之隔产生的奇特现象也是让人赞叹不已。如果愿意，游客还可以在礼品店里买一张跨越赤道的证书，留作纪念。

马赛马拉国家公园是我们旅行的最后一站，也是最为重要的一站，我们在这里停留了 3 天的时间，只为看到角马迁徙过马拉河的壮观景象。

我们每天在司机的带领下早出晚归，带着酒店准备好的盒饭作为午餐。因为已经见过太多的野生动物，我的兴致减了大半，不过看到鬣狗、秃鹫等这些没有看过的动物时，还是感到有几分乐趣。

我们守在马拉河边，看着对岸的角马群慢慢地移动着，马拉河中的鳄鱼也在静静地等着它们。领头的角马几次试着冲下河岸过河，但又警惕地退了回去。最终虽有些遗憾，没能看到那万马奔腾的景观，但对于我来说，这次旅行所闻所见已经足够了。

我们在马赛马拉的酒店还遇见了一对生活在墨尔本的华人夫妇，他们也都是退休的年纪，为帮助女儿照顾孩子移居到澳大利亚。不忙的时候，他们便出来旅行，他们还将前往坦桑尼亚继续观看角马迁徙的场景。我和二姐则按照既定的行程准备返回了。

回到内罗毕，司机交了班，准备回家休息了。他对我们一路播放音乐的蓝牙小音箱爱不释手，二姐便送给了他。

我们选择先去内罗毕国家博物馆参观，然后在当地一家著名的烤肉店吃了午饭，品尝了鳄鱼肉、鸵鸟肉等各种从未吃过的食物。只是我对肉食向来不感兴趣，略微品尝一点便作罢。傍晚，我们逛了一个当地的商场，然后走路穿过一条喧闹的街道，在一家西餐厅用晚餐。夜色渐浓之时，司机接上我们并将我们送至机场，我们就这样草草地与非洲大地告别了。

| 第二篇 |

新年之行

一、雪山下的尼泊尔

从 2015 年元旦起，直到 2020 年元旦，每个元旦我都是在国外旅行度过的。元旦是新一年的开始，我虽然恐惧年纪的增长，但也希望这些瞬间可以被铭记。我很在意生活的仪式感，想把生活中的点点滴滴埋入记忆中。

2015 年的元旦，我们一行 5 人到尼泊尔旅行。飞机穿越过喜马拉雅山脉，晴空中无云，俯瞰即是连绵不断的雪山。在飞机盘旋降落之前，可以清晰地看到珠穆朗玛峰。

我们在加德满都的特里布万机场落地，机场简单而陈旧，却让我感到新奇。加德满都是尼泊尔的首都，汪峰一首《加德满都的风铃》也让人们对这座城市充满了文艺的向往。我们预订好的车早早地就在机场等着我们，我们落地后便看到了司机发来的消息。我们穿过在机场出口等着拉活的摩的和出租车司机，找到了接下来一直陪同我们的司机和车。虽然只是一辆破旧的面包车，但在这里已经算是不错的了。

这里没有太像样的公路，街上尘土飞扬，红色和黄色的尘土混杂在空气中，摇摇摆摆的车子里可以清晰地闻到这种尘土的味道。我们在司机的带领下简单地吃了午饭，之后便到酒店办理入住。

这次旅行是我和安安第一次正式一起出行，同行的还有一位她的女同事。为了方便住宿，我本来只约了一位男性朋友同行。后来又有一位女性朋友临时加入。此行 5 人倒是相处得比较融洽，也给这次旅行增加了几分欢乐。

我们下午首先到了杜巴广场。杜巴（Durbar）在尼泊尔语中意为皇宫，在加德满都谷地一共有加德满都、帕坦、巴德岗 3 处杜巴广场，其中加德满都杜巴广场最为著名。加德满都杜巴广场每天都有很多游人，他们或是坐在广场的某个角落沐浴着暖阳，或是蹲在广场上喂着鸽子。我走在人群中看着周围的市井百态，更关注生活在这里的人在做什么。

广场一侧是白色的哈努曼多卡宫，也被称为“老皇宫”。尼泊尔的当地居民对中国游客格外热情，我们行走在巷子里，时不时就会有人主动和我们打招呼。有一位本地的青年小伙，告诉我他会唱中国歌曲，他哼唱出来我很熟悉的一个旋律，但我一直想不起来是哪首歌。我们几个想了很久，才记起是《大花轿》的曲调，我们都忍俊不禁。

在这里旅行不必过多担心语言问题，因为各种商贩的汉语说得很好。我们后来在博卡拉逛街看羊绒围巾的时候，老板劝我们说：“多买点吧，很便宜，回去送七大姑八大姨，她们都很喜欢。”我不禁感叹，中国游客强大的购买能力，促动着这些商贩不仅要学会汉语，还要懂中国的国情。

很多旅游业发达的国家的商家，基本都有会讲汉语的工作人员，最简单的方式就是雇佣中国员工。尤其是在欧美的各种奢侈品专卖店中，基本都会有面向中国游客的专门服务人员。他们有些是当地的中国留学生在做兼职，有的是在这些国家务工的华人。尼泊尔倒是比较特别，商家通过学习汉语来解决问题。这种消费影响在一定程度上体现了中国民众生活的确是富足了，这也是中国国力强盛的另一种体现。

加德满都到博卡拉只有两百公里左右的路程，但由于路况极差，开车加上中途休息一般需要七八个小时才能到达。一路的颠簸，整个路程下来还是很辛苦的。我们在路上休息了两次，一次停在路边的一家商店前，有简陋的公厕可以使用。商店旁边也是当地居民的住处，房子破旧不堪，几位妇女围坐在门口的空地上，中间放了一点豌豆之类的蔬菜。她们一边聊着天，一边慢悠悠地择菜。

我当时在想，择完这点豌豆，在中国只需要一个人耗费几分钟的时间，而她们却大费周章。为什么她们不能节省点时间多做点事情，让生活过得更好一点呢？现在看来竟是我肤浅了。物质财富不是生活幸福的唯一标准，我们盲目地、一味地追求物质财富，寻求着所谓的安全感和快乐感，但内心真的幸福吗？事实上，物质只是基础，真正能让人幸福的是精神层面的富足。

我们另一次休息是在一处孤儿院旁边，这里也有一处商店，环境要好一些，至少房屋干净明亮。孤儿院就在商店的后面，这里有七八个孩子，最大的十一二岁，小一点的只有三四岁。有几个孩子就在不远处呆呆地看着我们，我们问过司机是否可以给他们点钱，司机说给他们一点东西更好。我们便把车里带的一些零食分给他们，看到我们在分零食，孩子们就都跑过来了。看着他们开心的样子，我们又在商店里买了一些东西分给他们。

这些孩子面对我们时，总是有些怯懦，给他们东西的时候，他们总要征求大人的意见，如果同意了他们才肯收下。我在马尼拉旅行的时候，街上的小孩子要是看到我们手里拎着食物，就会跑过来围着我们要。我打开袋子的一瞬间，他们就开始抢，抢到东西后就跑得远远的。没抢到东西的孩子就会可怜巴巴地看着我，让我很无奈。对比看来，这里的孩子显得更有礼貌。

博卡拉位于喜马拉雅山脉之下，是一座很美的小城。费瓦湖清澈如镜，静卧在连绵不断的雪山之间，像是灵动的少女，让人望上一眼便无法自拔。湖边有一条商业街，街上聚集了来自世界各地的游人，街两侧有餐厅、商店、酒吧、酒店、旅行社等。博卡拉是尼泊尔的第二大城市，也是尼泊尔最为宜居的城市。在博卡拉不需要进行太多活动，或是在湖边徒步，或是坐在湖边的酒吧发呆，或是体验一下滑翔伞、三角翼等户外极限活动，我们只需要享受生活的美好即可。

我自小恐高，且较为严重。无论是自高处垂直俯瞰，还是自低处仰视高处，我都会有很强烈的眩晕感。但同时，我也是一位喜欢挑战自己的“自虐狂”。2014 年，我在泰国芭堤雅尝试过一次海上滑翔伞。摩托艇在海面上快速行驶，一根绳索将人和滑翔伞拖起在十几米的高空中，忽然停下来在人坠落到海水中的刹那再快速拉起，整个过程大概两分钟。当时我并不觉得恐惧，那种小刺激反而让我感到些许欢喜。过了几年有新闻报道，这个活动因绳索断了出了事故，游客丧命于海中。

博卡拉的滑翔伞项目和芭堤雅的完全不一样。陪同教练和我捆绑在同一个滑翔伞上，在山顶陡峭处跑动跳起，滑翔伞会被空气撑起飘浮在空中。教练控制着滑翔伞不断地上升，慢慢地飞到湖面之上两百米左右的高度，仿佛和远处的雪山处在同一个高度。我忍不住看向地面，费瓦湖的轮廓清晰地映入眼帘，我开始感到了强烈的眩晕，胃中强烈翻腾，深呼吸调整了几次并不见好转。我拍手示意教练开始着陆，我闭上眼睛，感受着风在耳边呼呼作响。

大约 1 分钟后，我们落到预定的降落地点。我坐在地上无法站起来，虚汗渗透衣服，脸色惨白，话都说不出来。安安他们也先后到了地面，看到我状况不好，他们过来扶我坐到旁边的椅子上，大概半个小时我才舒缓过来。

我们走回湖边商业街的时候，他们谈着各自的高空感受。安安最为喜欢在空中的感受，她还希望教练可以在空中多停留一会儿。此次经历后，我的恐高改善了很多。2010 年上海世博会期间我曾经到过东方明珠广播电视塔上，但是观光平台上的玻璃栈道我是半步也不敢迈上去，我站在远处透着玻璃往下看都会下意识地坐下。后来我再去的时候，可以轻松地行走在上面。我俯瞰地面上如蚂蚁大小的汽车在快速移动，内心隐约的畏惧却毫不影响我的行动。

我从小就是个谨小慎微的乖孩子，母亲从来不担心我淘气闯祸，她更多地是鼓励我多出去和其他的小朋友玩。直到上大学之后，我开始刻意地去补齐自己身上的很多短板，克服内心对许多未知的恐惧，渐渐喜欢不断挑战自己。我现在时不时就要参加一些马拉松、越野跑、沙漠徒步等活动，来磨炼自己的意志。

2020 年我参加莫干山越野跑比赛，30 公里用了 6 个多小时。跑完后，我的双腿已经失去了知觉，一个多星期都没有缓过来。但我却深得其乐，对每次自我挑战中不断鼓励自己不要放弃的过程都会略有成就感。这些经历的确锻造了我果敢、不轻言放弃的行事风格。

我们回到湖边的商业街，找了一家酒吧，点了几瓶啤酒，找了一处靠近湖边的位置开始打扑克牌。我们就这样嘻嘻闹闹地度过了一个下午，直到太阳落下去。我们在附近的一家华人开的日料餐厅吃过晚饭，又在街上漫无目的地走了好一会儿，才回去各自休息。

我们离开博卡拉后回到了加德满都附近的巴德岗，住在了纳加阔特，那里有一个可以远眺珠穆朗玛峰的观景台。我们在山顶的餐厅一边吃着晚餐，一边看着太阳沉在远处的雪山群中，也在这里迎来了 2015 年的第一天。

清晨的阳光洒进房间，唤醒沉睡中的我。安安她们去看了日出，告诉我朝霞映红了天边的云彩和远处的雪山。她脸庞上洋溢着新年的美好，我笑着对远处的雪山说：新年好。

2015 年 4 月加德满都发生了大地震，就在我们离开不久。很多古建筑都坍塌了，我们几个人聊起这事时，悲悯中有一丝庆幸。我们见过这座城市最美的样子，那些回不去的和即将到来的，也会是美好的。虽然没有再去过尼泊尔，但这个国度幸福美好的样子依旧清晰地留在我的记忆中。

二、海岛上的新年

2016 年的元旦，我是在加拿大多伦多度过的。2017 年的元旦，我和一位忘年交——傅教授在马尔代夫度过。我和傅教授因为工作相识，因为我们都喜欢旅行，所以成为忘年交。我们曾经一起自驾去欧洲和澳洲大洋路，也去过巴厘岛。他像父亲一样关心、包容着我，近几年因为他家中有牵绊，未能和我一起出行。

去马尔代夫的航班是我旅行中坐过的所有航班中好感度最低的。受当地政府保护，往返马尔代夫的航班多是由其本地的航空公司执飞。我们乘坐的是当地的一家小航空公司的航班，我已经不记得名字了，那家公司也早就倒闭了。

我们原计划北京往返马累，出发前接到消息说原航班晚点近 36 个小时，建议到上海换乘另外一个航班到马累。回程的时候也是因为航班晚点，我们又飞回了上海。原本北京往返上海的火车票可以由航空公司报销，但我至今都没收到火车票报销款。距我们出行不到一年的时间，这家航空公司便倒闭了。

我们一路奔波至马累，机场旁边就是码头。我们依照酒店的信息在指定的码头等候，乘坐快艇或水上飞机到岛上。等了大概两个小时，我们乘坐水上飞机最终到达我们的目的地——曼德芙岛。飞机很简陋，我坐在飞行员后面的位置。飞行员光着脚，娴熟地驾驶着飞机，有种开着拖拉机的即视感。

到了岛上，湛蓝清澈的海水让人忘记了所有的疲惫。入住之后，我便换了泳衣冲进海水中。魔鬼鱼在浅水区慢慢地游着，让人兴奋得想跺脚欢呼。从海水里出来，我坐在房间前的秋千上，喜不自禁。路过的酒店工作人员看见我和傅教授，特意砍了两个椰子给我们，我回到房间拿了小费给他。虽然我们彼此一句话没说，但我们脸上的笑容足够证明这种简单的快乐。

这里一座岛便是一个酒店，小岛并不大，十几分钟就走完了。吃过午饭，我和傅教授又到海里面游了好一会儿。我的游泳水平不高，只敢在岸边游耍，傅教授从小生活在海边，水性极好，他酣畅地游着，时不时游回岸边告诉我他在海里看到的各种鱼。

我们游累了便回到房间休息，泡了从国内带的茶，坐在露台上慢慢地享受静谧的时光。我暂时也无兴致翻阅放在手边的书，便浏览手机上的新闻，发现都是和新年有关的。酒店特意准备了跨年活动，我也对即将告别的 2016 年的最后一天多了一点期待。我听着随机播放的音乐，时不时地喝一口茶，那一刻所有的音符仿佛都在跳动。我起笔写了一篇关于新年的文字，来告别那些过往。在写这篇文章的时候，我节选了当时所写文字的其中几段，以回味当时的心境。

过去的2016年，让我不知道该说些什么。我更多的精力用于追求物质，说是所谓的事业也罢，解释成为自己的初衷做铺垫也不为过。庆幸的是，我略有收获，完成些许物质上的心愿，让家人略有安稳。与此同时，我那颗躁动不安的心越发不老实，挣扎得凶猛得很，让自己有些不知所措。虽然我感觉离自己设想的生活更近了一步，但越发地畏惧与迷茫，就像是兵临城下站在宽阔的护城河面前，我围着这河不断地绕圈，有人告诉我勇敢地冲过去，有人告诉我别傻了，那不过是一座虚幻的城。但无论怎样，这河对我来说是真实存在的。我之前一直评价自己活得“矫情”，但临近年底的时候，我想到了一个新词定位自己，就是“仙儿”。这两个词对于我来说既不是褒义词，也不是贬义词，只是自己内心赤裸裸的写照。

这次旅行的前程充满了刺激，因为飞机晚点，为了不错过在马尔代夫迎接新年的第一缕阳光，我们改签至上海飞马累，完全打乱了原计划的行程。没等开完公司2016年的最后一次会议，我便冲向了火车站，然而我却只有40分钟的时间，中途堵车我便直接下车拖着箱子狂奔。

我对车站人满为患的场面是有预料的，哀求了好心人让我插队提前取票，走了车站VIP通道躲过了乌泱泱的进站人群。期间我曾不断地想是否应该放弃，如果赶不上这趟车，这次旅行基本就告吹了。上天眷顾，我按时坐上了去往上海的高铁，但胸肺之内似乎燃了一团火般难受。

接下来还有一个挑战便是我需要在11点之前从虹桥火车站横穿上海市区赶到浦东机场。然而高铁晚点一个小时，抵达上海虹桥火车站时已经10点了，虽然知道一个小时之内赶到浦东机场根本不可能，但我憋着一股劲儿依旧要前行。我放弃了出租车和机场大巴，直接选择了地铁穿过市区，然后再打车至浦东机场。我们在夜里11:40赶到浦东机场，因为飞机的晚点再次拯救了这次旅行。

坐在候机室的时候，我的心情平复了，我在想这种经历是不是预示着我的2017年会充满变动和挑战，尽管我无法预知究竟会发生什么。

我的经历虽然不算万分坎坷，但总是出现一些变故。但是这种变故经历得多了，渐渐地我养成了一种随遇而安的心态。新的一年管它是暴风骤雨，还是艳阳高照，用一种积极的心态去以不变应万变会让自己更为心安。对于改变不了和未知的事情，顺其自然应该是最好的心态了。如此，就抱以这样的态度迎接2017年吧！

雨，越下越大。我伸出手去接顺着屋檐滴下的雨水，一滴、两滴、三滴……，就像从指缝中流过的一年又一年。年轮磨灭了种种纷杂，但愿我的初衷可以随着时光匆匆，留下一抹真实的影子。2017年，你好！

现在去看当时写的文字，感觉略青涩，但也是自己独特的记忆了，因此我索性也不去删改什么。这些曾经留下的痕迹，对我来说都是宝贵的。

我们在马尔代夫的跨年夜是在瓢泼大雨中度过的，新年的烟花表演活动因下雨取消了。酒店安排的新年晚餐小有特色，但从我住的茅草屋到餐厅，要走好长一段路。跨年夜记忆最深刻的是我在大雨里来去，雨淋湿了鞋袜和裤子，但我却莫名地兴奋。我喜欢这些不同的经历，希望记忆中的每个点滴都值得回味。

我躺在床上听着外面混杂着澎湃海浪声的风雨声，不禁想起我是为看新年第一缕阳光而来的，但眼下这般大雨不知道明早是否能停。我在手机上查阅了一下天气预报，预报上说接下来几天都是阴雨天气，我的心里瞬间有点小失落。但我又迅速地调整了心情，开始盘算着这几天应该如何度过。

夜里我曾被椰树上落下来的椰子砸到房顶吵醒过，听着风雨声，我翻身之后再次进入梦乡。对我而言，再喧闹的世界，也扰乱不了我这颗安静的心。我虽不是唯心主义者，但随着世事的磨砺，渐渐知晓了心态会决定自己的状态。虽然我还做不到泰山崩于前而色不变，但小事上的悠然处之还是做得到的。

生活就是这样，何苦自己为难自己，换一种心态便是晴空万里。我也不喜欢那种不喜不悲的成熟，我曾经想过成熟是不是情感的缺失，但随着成长，我开始学会保留一些自己的缺点，慢慢放下那些自己内心不喜欢的事情。我学会取悦自己，寻找真正的自我，或许这也是人生通透的一种表现吧。

清晨醒来，没有听到雨声，我便知道雨停了。我拨开窗帘，虽未见阳光，但天已透亮。我推开门走向海边，大雨过后的天气格外纯净，远处天际层的云中有阳光闪烁，看样子今天应该会放晴了。

我一个人沿着海边踱了一会儿，遇见了一位来自武汉的阿姨也在海边散步。她很热情地和我聊天，说是一个人来此，比我们早两天到。她向我详细地介绍了这个岛上的各处景致和一些趣事，讲述着她无聊的时候如何追着寄居蟹玩。我微笑着听着，感觉这个阿姨开朗的言语中似乎隐藏着更多的故事，只是外人无法看透而已。在酒店我又见到这个阿姨几次，每次她都乐此不疲地和不同的游人聊着，喜悦之情总是不吝惜地洋溢着。

吃过早饭后，太阳已经露出来了，我和傅教授按捺不住再次扎进水里的心情，穿好装备后便入了水。岛上的日子很简单，新奇感过后可做的事情的确不多，因此我总是需要自己刻意找些事情来做。我把躺椅拖到沙滩上，从冰箱里拿了一罐冰镇的可乐，便躺在阳光下曝晒。暴雨过后的阳光没有那么毒辣，让人很享受。我突然想到日子就该这样过，却又嘲笑自己连续过上几天这样的日子，就一定会焦躁。

我最喜欢的不是旅行中某种状态的持续，而是充满变化的生活。生活中没有了层出不穷的挑战，那便少了很多意义与乐趣。曾经有一个女生问我，在你想要的生活中，是不是身边的女伴也要经常替换？我摇头笑了，也不想去解释什么。其实关于爱情，我寻找的一直是精神上契合的伴侣。我并不缺少情感的关怀，或者说我对世俗的情感并无需求。那些柴米油盐酱醋茶的琐事只能成为生活的乐趣，享受生活才是生活的本质。我凡事都不喜欢将就，婚姻这件事，更是宁缺毋滥。

傍晚的落日格外吸引人，我和傅教授坐在酒店泳池旁的甲板上，拖鞋放在一旁，双脚插进沙子里。周围的嬉闹也是和谐的静谧，落日的余晖映在天际的云彩上，洒在平静的海面上，温暖的红晕和脚底的细沙一样柔和。椰子树时不时被微风吹动，沙沙作响，人的身影被夕阳拉得很长，与这一切交相成趣，世间的安静与美好在此时完美呈现。当太阳即将沉下去的那一刻，我起身用力地挥手和他告别，等待着新一年每一天的美好。

我们晚餐的时候在餐厅里遇到来自河北的新婚夫妇，他们和父母一起来这里度蜜月。我们闲聊了很久，然后一起沿着海边走回水屋。海边夜晚的沙滩上有很多小螃蟹在忙碌着，我打开手机的手电筒看着它们四处奔跑，很想捉住它们。这里禁止捕捉所有的生物，于是我们在捉到之后再把这群可爱的小生灵放走。我们老老少少几个人在这一过程中收获了很多欢乐。

其实不管什么年纪，每个人心底都住着一个年少的自我。人们都喜欢那种简单的快乐，却碍于种种世俗的枷锁一直隐忍着。很多人习惯于被束缚在被定义好的生活中，在什么年纪就去做什么样的事，做了一点破格的事情似乎就是越了雷池。很多人都渴望“出走半生，归来仍是少年”，但那个“少年”明明一直存在，只是在牢笼中不得自由而已。

我们住了两天沙屋之后换到了水屋。水屋就建在海水上面，因此对于我和傅教授来说，下水游泳成了更容易的事情。傅教授总是乐此不疲地在海水中往返，像是回到他年少时生活在海边的日子。我们后来一起回忆这段旅行的时候，他总是说他还要再去一次马尔代夫。

后面两天酒店安排了各种出海活动，我们选择了浮潜、看海豚和到居民岛上参观。我们事先没做什么准备，便跟着游艇出行了。我坐在游艇的前方，望着茫茫大海发呆。船上的服务员小哥过来与我搭讪，我们的英语都很蹩脚，但不影响交流。

他只有 23 岁，住在隔壁的居民岛。他已经有了未婚妻，再过一两年就要结婚了。我问他去过其他国家吗，他略有苦涩地说没有。我还想再问他是否喜欢这片大海，但止住没有再问。我想喜欢不喜欢对于他来说似乎都没有选择的余地，他若是说喜欢我还能有些欣慰，若是说不喜欢我也会随之痛苦，却也无能为力去改变什么，不过是自寻烦恼。

我继续望着这了无边际的大海，内心不禁感叹很多事情就是像这大海一样，漫无边际，让人寻找不到方向，也让人很无助。像这个小哥一样生活在岛上的居民，他们会怎样重复着自己的生活；还有那循环往复的一代又一代人，他们会在什么时候终止这样的轮回。而我内心追求的生活，也不过是形式上的不同而已。轮回是一种无法突破的自然规律，或许人类在自然发展规律面前根本不值得一提。

在船员小哥的提示下，我们看到不远处有十几只海豚飞快地在海水中前行，时不时伴随着声声鸣叫翻跃到空中，像一群快乐的歌舞者。船员小哥告诉我们拍手鼓掌会让海豚更加兴奋，于是船上的游人便用力地拍手。

游艇停了下来，海豚也慢慢地靠近了游艇。我双腿穿过船边的围栏，趴在栏杆上仔细地看着这群“精灵”，它们就在我的脚底下游动，还会跃出海面和船上的人群互动。我也不清楚自己为什么会如此喜欢海豚，高中时刚开始用QQ的时候，我选择了一个蓝色海豚的图片作为QQ头像，且用了很久都不曾换掉。在我看来，海豚是“蓝色的天使”。我在很多海洋公园里也见过海豚，但它们都被驯化，我看到它们的时候总会有一丝的哀伤，后来我也很少去海洋公园了。

第二天，我们去远海的一片珊瑚群浮潜。这片珊瑚群是活珊瑚群，为了保护珊瑚群，游艇不能靠得太近，因此我们需要自行游过去。傅教授水性好，他直接下海游了过去。船上其他水性好的年轻人，也直接一跃而下跳入海中。我对深海有着很深的恐惧，而且我的游泳水准也仅限于在浅水区玩耍的级别。我犹豫了很久要不要过去，最后还是鼓起勇气决定尝试一下。

我小心翼翼地顺着梯子下到海面，还没游两下，泳镜里就进了水。我看不到外面就开始慌乱，双脚踩不到任何物体的空虚感使我的恐惧更甚。我赶紧挥手向船上求救，随之便紧张地在水里挣扎，内心恐惧但也一直想着自己一定会被救起来。我隐约听到船上有人在喊船员救我，后听到扑通一声，很快我就被人抱住塞进救生圈里。我缓过神把泳镜摘了下来，心里也终于安稳了。船员快速地游回游艇上，救生圈上系着一根绳子，船上另外一个船员把我拉到船边。我慢慢地划到梯子旁重新回到船上，窘迫地躲到角落里平复心情。

傅教授回来后听说我的遭遇，便过来问我可还好。傅教授告诉我珊瑚群中有很多色彩缤纷的热带鱼，他用看似无意的聊天方式，帮我从窘迫中舒缓过来。随后我起身和他一起走到船边，我远远地看到橘红色的珊瑚群旁依旧有人在那里慢慢地游弋。

这次事件也是我后来专程到仙本学潜水的起因，在我克服对深海的心魔之后，我就更喜欢探索深海了。在我小的时候，总喜欢到草原中去探秘，在我看来，深海是另一种草原。大自然中有很多我们触摸不到的未知，却也让我们为之着迷。

学潜水也是痛苦并快乐的过程，我不断克服内心的惶恐，按部就班地跟着教练做着每一个动作，生怕有些闪失就产生不必要的危险。连续

4 天的潜水课程，我每天早出晚归，力求达到取得 AOW 潜水证对必修技能的要求。在潜水时，我见识了海底的美妙与玄幻，和海中的海龟、鲨鱼、各色热带鱼等生灵共同游弋，却也体验到真正的“脑袋里进水”的感觉。连续潜水会导致海水从耳道进入脑腔，晃动头部的时候会清晰地听到水的声音。每天回来我就要不停地控水，晚上睡觉的时候，枕头上总会湿成一片，课程结束几天后水才彻底地控干。

马尔代夫行程的最后一天，我们到居民岛上去参观。小岛上的建筑简单却整齐，居民对来参观的游人早已习以为常。他们闲逸淡定的神情，是与世无争的安然。大人们不紧不慢地做着手里的事情，几个小孩子随着游客跑跑跳跳。我们在当地导游的引领下慢慢地游走。岛上有一间很小的礼品店，里面有一些当地居民自己做的手工艺品。我买了一只小鼓，用美元支付，要求商家找零时给我当地的货币。我和傅教授各留了一些当地货币，以作纪念。

气候变暖导致海平面上升，马尔代夫这个岛国据说还有 50 年左右就要消失了。马尔代夫是美好和浪漫的代名词，这里见证了很多人的浪漫和幸福。它仿佛是上帝散落在海上的珍珠项链，让人总对这里神往与留恋。

三、大洋路上的喜与悲

2018 年的元旦，我依旧是和傅教授一起度过的。我们和我的家姐、我朋友小智的爱人小鱼一起自驾去大洋路。安安和她的一位友人也单独开了一辆车与我们同行。

这次是我第二次到澳大利亚。第一次是在 2014 年的国庆假期，那时我和小智、“蜗牛”，还有另外一位朋友一起同行。但那一次我们只在墨尔本停留了一天便去了悉尼，随后去了艾尔斯岩和北部的达尔文。我们这次的旅行以墨尔本为起始点。

我很喜欢墨尔本这座城市，气候舒适宜人，整座城市飘溢着慵懒、惬意的生活气息。这里原本只有少数的原住民，在 1835 年发现了金矿后，吸引了世界各地的人来此淘金，慢慢地人聚集得多了，便成了一座城市。墨尔本被华人称为“新金山”，与美国的旧金山相呼应。现在虽然金矿的资源枯竭了，但这座城市却以另外一种姿态留了下来。近些年墨尔本还被华人音译了一个可爱的称呼——“猫本”。

墨尔本和悉尼是两座格调完全不一样的城市。悉尼的繁华充满了紧张感，而墨尔本就像流经市中心的亚拉河一样，轻松、明快。河边的绿地公园里，各色的人在这里享受着温暖的阳光。生活就是他们手中的书、身边的狗、平淡的心，当我们融入其中的时候，想不爱上这座城市都难。我喜欢墨尔本的另外一个原因是这里是网球大满贯赛事之一——澳大利亚网球公开赛的举办地。每年 1 月的最后两周，这里聚集了全世界的网球爱好者。我计划来这里看一次网球比赛，但至今还未实现。

墨尔本的市中心并不大，保留了很多老式建筑。位于弗林德斯街的墨尔本中央火车站是这座城市的地标，这座米黄色的文艺复兴风格的建筑见证了墨尔本这座城市的发展历程。周边 CBD 的高楼大厦与之交相辉映，汽车和老式电车在街面交相成趣。我捧着一杯咖啡，在街角看着这一切，内心安静，也带着一丝感慨。

生活在墨尔本的华人很多。我第一次到墨尔本的时候在移民博物馆遇见了一位刚移民过来没几年的华人女性，她刚好陪着自己的博士生导师来这个博物馆做些基础调研。我们情不自禁地攀谈起来，她向我诉说着她的移民生活之苦。她原本硕士毕业之后在广州的一家外企工作，有着体面的收入和固定的生活圈，后来她随爱人迁居到墨尔本。但是在墨尔本，她过往的履历不被认可。无奈之下，她只好在当地申请攻读博士学位，希望毕业之后可以找到一份不错的工作。她的言语之中充满了对国内生活的怀恋和对移民生活的无奈。

旅行是对海外生活的一种浅尝辄止，新鲜感未过便离开了，回忆中会沉淀下种种美好。移民则不同。移民是漫长的旅途，那些艰辛和困苦，不是三言两语能够诉尽的。我时常会和朋友们聊起移民的话题，我大学时期的好友也全家移民至加拿大生活。这次来到墨尔本，我也见了一位全家移民到这里的朋友。我们是通过墨尔本华人微信群认识的，她知道我们到了墨尔本，还特意抽出时间陪我们去逛墨尔本野生动物园。我们一路聊了很多，她聊着国内生活的种种，我问她关于墨尔本生活的感受。

关于移民生活，或许大家给出的答复并无差异，有好的一面，也有不好的一面。总有人会选择这样的生活，选择也无对错之分，只有合适与否。有时候选择一种生活方式时，会有很多无奈。有人说生活实苦，要学会苦中作乐，但这世界没有纯粹的快乐，更没有纯粹的痛苦。我相信所有的事物都具有两面性，乐观的人更喜欢看正面，悲观的人更喜欢看负面，但不管是正面的还是负面的，都是我们要经历的。

大洋路是沿着澳大利亚西南海岸线的一条公路，是在1919年到1932年间修建的。大洋路沿途经过吉朗、托尔坎、龙恩、阿波罗等多个小镇，各异的海岸线风光吸引了众多游人。这里也是澳大利亚人的度假胜地，最负盛名的景点是十二门徒石柱。天然形成的12根巨大石柱屹立在汹涌的海浪之中，在海水常年的侵袭下，如今已经有五根石柱倒下，预计剩下的7根石柱也会在50年内倒下。我看着这些石柱，感叹大自然鬼斧神工的同时，心中也难免惋惜。大自然留给了我们许多，也带走了许多，彼此珍惜才是人与自然相处的根本所在。

我们从墨尔本出发，开始为期大概10天的行程。虽然澳大利亚是右舵车，但对于我左右分得不是很清楚的人来说，也没什么困扰，除了经常会把雨刷拨杆当作转向灯拨杆以外，其他的一切都好。

这次行程比较轻松，每天中午左右我们会到达一个小镇，下午的时间足够逛完小镇。我们或是在海边，或是在草地上坐下，阳光晒得我们整个人都是暖洋洋的。我们看着人来人往，天南海北地闲聊着。每当这个时候，我就会想，生活就应该是这个样子。

其实，那一刻内心的满足感才是我们所谓的想要的生活。傍晚时分，我们会步行到超市，买一些晚饭需要的食材。旅行多了，我渐渐养成了一种习惯：从国内带来一些基本食材和酱料，在当地买一些蔬菜、肉制品，然后做一顿中式晚餐。因为这个习惯，我大都会选择带有厨房的民宿入住，这样也有一点生活在当地的感觉。尤其是傅教授，他很不习惯西式饮食，每天的晚餐是他吃得最舒服的一餐。那些山山水水已经很难带给我们惊喜，反而是这种简简单单的生活体验，让我们乐此不疲地坚持着旅行。

安安和她的朋友一路跟随着我们，我们两拨人每天入住的小镇基本一致，到了小镇我们有时会会合到一起。她的朋友不会开车，偶尔我们同行的时候，傅教授会帮她开一段，让她休息一下。安安和傅教授在2015 年我们一起自驾欧洲的时候相识，那一次安安因为身体原因提前返回国内。盘算下来，和我一起旅行的朋友并不多，这么多年走了这么多地方，大都是这么几个人。他们也习惯性地和我提前约旅行的地点和时间，有时我也会一个人不声不响地去完成一次旅行，纵享着孤独的美好。

自驾的时候，还是有一两个“驴友”陪伴较好，心里会踏实一点，父母也会少些惦念。元旦的前夜，我们在吉朗一起度过，入住酒店的时候老板赠送了两瓶香槟给我们。当晚酒店住宿的人并不多，院子里有一张露天的木桌，我一眼就相中了，提议晚餐便在这张桌子上用餐。

我们特意准备了丰盛的食材，多做几道菜，再配上香槟恭候新一年的到来。安安和她的朋友也和我们一起用晚餐，两个房间的厨房同时开火，我帮着姐姐做菜，安安的朋友也在准备自己的拿手菜。小鱼和傅教授收拾好餐桌和餐具，时不时地来看菜做得怎么样了。这番热热闹闹的景象，很有在国内过春节的味道。

太阳渐落西边，大家也都有些饿了，我们便开餐了。在一群人的说说笑笑中，食物也都吃得差不多了。我张罗着开香槟，之前只看过那种砰然而出的开香槟方式，自己却从来没有尝试过。我学着样子，用力地摇晃香槟，等待着瓶塞和香槟喷发，就像期待着新年的礼花一样。大家也都在关注着我手中的香槟，最终还是没等到那一刻。无奈之下，我用力去拉瓶塞，随着砰的一声，香槟喷涌而出，大家嬉笑成一团。

我给每个人都倒上了香槟，我们一起举杯庆祝新年的到来。临近午夜，大家各自散去。我和姐姐披着外衣，站在门前，看着那爆裂在夜空中的烟花，迎接新的一年到来。我的欣喜中混杂着一丝伤感，岁月就这么匆匆地流逝，我不知道自己抓住了什么，年轮却在内心和脸庞留下了抹不去的痕迹。我凝望着烟花消失后的夜空，闪闪的繁星仿佛是笑靥中流下的泪珠，它们默默地看着这个星球岁月更替，我却无法走进它们的内心，读懂那些沉淀其中的故事。

我在一种束手无策的状态中睡去，在梦中我与这世界相互慰藉。在新年的第一天醒来时，阳光洒满我的笑脸，心中那些海天之外的忧愁，化作咖啡壶中的一缕香气，唤醒元气满满的幸福。

在龙恩的傍晚，我们早早地吃过晚饭，想着去看新年第一天的日落。我们住在一个位于海岸公路旁的民宿，一座小山刚好挡住了即将落下的太阳。我预估绕过这座小山并没有多远，时间尚早，便提议走路绕过小山去看日落。我们走了一段，傅教授觉得走路会来不及，便和安安回去开车。我和姐姐、小鱼继续走着，最后发现我错误地估算了绕过这座小山的距离。我便又提议走到海边，也许可以躲开小山的遮挡。

我们3个人一路玩玩闹闹到了海边，也只能看到一缕晚霞的红晕，便决定放弃了。我们在海边的岩石中翻找各种生物，有海水退去留在水涡里的小鱼，有隐藏在岩石下面的小螃蟹，还有残留在沙滩上的贝壳。海风随着日落渐渐大了，海水拍打着岩石，浪花涌出的水湿透了裤脚。我们裹紧了外套，一路小跑回到酒店。看到傅教授他们，小鱼讲了我们不靠谱的经历，展示着自己狼狈的样子，说得大家笑声不断。

袋鼠是澳大利亚的象征之一，我们此行也安排了观赏袋鼠的行程。我们特意驱车到安吉西高尔夫球场，这里生活着很多袋鼠，人们和袋鼠在这里和谐相处，互不打扰。

盛夏的午后很炎热，热浪清晰地浮动在地表，袋鼠躲在灌木丛的树荫下乘凉。工作人员提示我们要保持安静，以免惊扰到袋鼠。这里生活着上百只袋鼠，灌木林中四处可见袋鼠，它们有的在懒洋洋地睡觉，有的三两只凑在一起发呆，有的袋鼠妈妈在抚弄着小袋鼠。

一只袋鼠妈妈看到我们走过来，急忙地起身跳走，掀起一片尘土。育儿袋中的小袋鼠已经不算小了，撑得育儿袋鼓鼓的。它呆萌地看着我们，大半个身子露在外面。我看着袋鼠妈妈费力地跳跃着逃去远处，有一种痛苦直击我的内心，我虽然明白为母则刚这一道理，但这一情景也真真切切地让人感受到为母的辛苦。

我是一个容易触景生情的人，这一场景使我想起自己的母亲。我的母亲在生我的时候大出血，我们母子都在鬼门关走了一遭，这也导致母亲和我的身体都比较虚弱，所以母亲在照料我成长时，格外费心。在我婴幼时，我睡觉一定要母亲抱着才行，一旦母亲把我放下，我就会哭闹，母亲常常要抱着熟睡的我忙着手里的活计。

母亲每每提起这些往事时，总是满眼的宠溺，我心里却是无尽的酸楚，不知道用怎样的孝心才能回报她的爱。我尝试很多次去写一些文字给母亲，但至今没能成篇。因为我总觉得那些言辞不足以述尽母亲之于我的伟大，所以总是半途而废。但我也不会放弃，一定会将那些沉甸甸的母爱述之于文字。

后面的 3 天行程，我们在阿波罗小镇住了一晚，去看了奥特维角灯塔。我们原本计划在傍晚去坎贝尔港国家公园看企鹅回巢，但因为未提前预约，所以未能看到企鹅回巢。之后，我们便在附近的一处农场看日落。成群的牛羊悠哉地在落日余晖下吃着草，我们就坐在路边看着它们，这种随遇而安是旅行最好的惬意。在大洋路的尽头沃南布尔，我们去看了当地的奶酪博物馆，最后在克拉克停留了一晚便返回墨尔本了。

回到墨尔本的第二天早晨，傅教授接到女儿的电话。傅教授的爱人在体检时诊断出了肾癌，听到消息的傅教授瞬间崩溃了。他一个人躲在房间里，我们几个人在客厅手足无措，不知道如何去安慰他。我向来对这种事有些束手无策，因为我真的无法设身处地感受到他的痛苦，面临这种事再多的安慰都会让自己显得更像个局外人。

一位 60 多岁的老人哭得像个孩子，也着实让人心疼。平时傅教授在其行业内是极受尊重的人物，与其人前刚毅自信的形象对比，此刻的他判若两人。我和姐姐也都认识傅教授的爱人，我们叫她师母，师母也是大学教师。

知道这个消息，我的心情也是无法平复，生命的脆弱让人太过无助。自此，傅教授再没出国旅行，全心照顾师母。我每年都会和他小聚几次，他逐渐消瘦，我们不厌其烦地一起回忆曾经出去旅行的点点滴滴。我也和他说，等到师母康复了，我们再一起去旅行。我能看到在他眼里的期待，但也会看到一抹忧伤，我知道那是怎样的一种心态。傅教授待我和姐姐如自己的孩子一般，时时挂念着我们的工作和生活。我也着实希望他能够快乐起来，有些事我和他心照不宣，不管他以后多大年纪，如果他想出去旅行，我依旧愿意陪着他。

旅行慢慢在我生活中变得平淡，就像是偶尔读了一本书，没有什么涟漪，但在心底渐渐沉淀很多。我虽然无法描述那是什么，但我知道，那是珍贵的。

四、浅游西班牙和葡萄牙

2019 年的元旦，我和姐姐，还有小鱼，我们 3 人自驾去了西班牙和葡萄牙。我们于 2018 年 29 日到达马德里。夜幕初撩时，飞机落地马德里巴拉哈斯机场。我们在机场提了车，便驱车前往预订的民宿。到了民宿已经很晚了，我们洗漱后便安睡了。

出于时差原因，早上 5 点多我们就陆续醒了。我们从国内带来了很多食材，姐姐给我们煮了小米粥作为早饭。我洗漱过后站在窗前，等着日出。窗前是老旧的建筑，虽然还未仔细去看这座城市，但我走过很多欧洲的城市，大都像是曲调不一的古典音乐，每一个细节都透着古朴的气息。那些三四百年的建筑随处可见，街上的行人是现代与古典最好的融合，总会让我们这些看客有着无数的遐想。

我透着窗子看着东方渐渐殷红，像是有意衬托着眼前这古朴的氛围。这一幕景象，足以让人沉醉其中无法自拔。窗户的缝隙透进丝丝冷空气，如泉水般沁人心脾。我就这么痴痴地望着，直到太阳冲破了天际的云层，绽露在城市的上空。耀眼的阳光洒进屋子，我感受到一丝温暖，像是这座城市握住了我的手，我和这座城市就这么初识了。

我们踏着晨露出门。因为住在城区内，我们没有开车出行。徒步也是我的习惯，我喜欢在走走停停中去品味城市中的细节，感受当地人的生活气息，在人流中憧憬着自己在这里的生活。

我们先步行到附近的丽池公园。这座公园历史悠久，始建于 1630 年。1868 年重建之后便一直面向民众开放，成为马德里市民消遣娱乐之地。我很喜欢很多西方国家的公园文化和氛围，人们会在这里运动、看书、晒太阳、聚会等，脸上那种闲适的神情是对烦恼的漠不关心，是对生活的格外热爱。当然，很少有人能够活得足够纯粹，大多数人都逃脱不掉生活中的种种羁绊，所以公园会成为很多人精神世界的世外桃源。

这两年国内很多大城市都加强了对公园的规划与建设。到北京工作生活后，我去了很多有特色的公园，朝阳公园绝对可以媲美纽约的中央公园。人们可以在工作和生活之余在公园坐上一会儿，喝一杯咖啡，感受午后阳光的温暖。

清晨公园的人不多，冬季的丽池公园植被枯萎，略显萧条。枫树落叶铺满了地面，叶子上有一层薄薄的露水，踩上去软软的，公园的长椅也是湿漉漉的。小鱼对于眼前的景色喜不自禁，坐在长椅上让我给她拍照。公园里有一个小的人工湖，湖的对面就是一处宫殿。湖里的水鸟、野鸭悠闲地划着水，长椅上一位女人掰着干面包投向湖里，引来了水鸟和野鸭。她的脸上毫无表情，有一种完全放空的淡然，身边一本打开的书倒放在长椅上，清晨的阳光清清淡淡地洒落着。渐渐地，公园的人多了起来，很多是晨跑的人。我也很享受那种戴着耳机在公园里慢跑的感觉，沉浸在自己的世界中，如风一般自由。

走出公园，我们去了太阳门广场，去看马德里市徽雕像“熊和野草莓树”。这一奇特的组合虽有典故，但也没什么趣味，或许正是这种有点小荒诞的艺术作品，才吸引了很多人的关注。这个雕像周围人群拥挤得很，似乎来了马德里的人都要来看看它，这不禁让我想起蔡依林唱的《马德里不思议》。相比之下，广场上的另一座雕像鲜有人关注。

太阳门广场每年会有传统的跨年仪式，距离新年还有 12 秒的时候，马德里政府大楼上的钟就会敲响。钟每敲一下，人们就吃一颗葡萄，这样许下的新年愿望会得以实现。但是我更喜欢在小镇跨年。我在国外跨年时基本都没有去凑这种热闹，因为不喜欢那种热闹喧嚣之后的感受，仿佛是内心被掏空后的孤寂。我宁愿在一个安静的小镇里，看着在午夜零点燃放的几朵烟花，听着小镇居民的几声欢呼，这种氛围更能让我感动。

我对时间的流逝会有一种哀伤，因为我介怀自己在慢慢老去。我会尽量让自己去铭记一些过往，以淡化时间划过的痕迹。这样在未来的某个时刻回望的时候，我可以在晚风中拥抱这些过往，仿佛一切照旧，时间并没有流动。

走出太阳门广场，不远处就是马约尔广场。16 世纪时，这里原本是一个商品交易地，是商人为了避免缴纳城内赋税而在城外建设的一个广场。后来，菲利佩二世和三世在这里建造了“面包店之家”，形成了现如今广场上的特色建筑。

中午 12 点之前，我们赶到了马德里皇宫，12 点这里会有一次卫兵换防。我也曾在英国看过白金汉宫的换防仪式，虽然事先知道并没有过多的新奇之处，但旅行总是要给自己找点事情做。我们到得略早，来这里等着看仪式的人还不算多，我们便先在皇宫大门附近找了个位置。随着时间临近，人也渐渐地多起来。仪式的时间不算长，有十几分钟。

看完仪式，我们有点累了，刚好附近有一家星巴克，我们便进去小坐，点了咖啡和蛋糕。我们坐在屋顶露台处，刚好可以俯瞰马德里的城区。连成片的红瓦屋顶错落有致，与古朴的建筑相映成趣，三三两两的树木夹杂在其中，偶尔鸽子贴着屋顶飞过，恍惚间我竟分不清楚这景象是否是真实的。我双手托着下巴，撑在露台的墙上，一言不发。身体中的一丝倦怠让我更好地沉浸在这景色中，内心的思绪如风一般飘逸在空中，不带有任何色彩，生怕搅扰了眼前的画面。

休息之后，我们去了备受当地人欢迎的圣米格尔市场。这里不仅有各种蔬菜水果，还有很多西班牙的本地小吃，我们专门来这里尝试西班牙经典的海鲜饭。市场是一座城市烟火气最浓郁的地方，虽然来这里的未必都是本地的居民，但熙熙攘攘的人群、琳琅满目的货品，总会给人一种欲罢不能的本地生活融入感，这也正是我喜欢的。

我们找了一家海鲜饭摊位，点了 3 小份。我们一边走着，一边吃着。米饭很硬，很有嚼劲，这也是西班牙海鲜饭的一大特点。海鲜的汤汁混合着米粒的香气，在慢慢的咀嚼过程中绽放着舌尖的味蕾。只是吃惯了全熟米饭的我们，很不适应这种口感，尝试了几口都选择了放弃。

下午我们在老城里漫无目的地闲逛。我们穿过古老的街道，探寻着本地人的生活。在一个广场旁有一个很小的咖啡馆，外面摆着几张小桌子，人们悠闲地喝着咖啡。这里很安静，没有太多的人，我饶有兴致地帮姐姐拍照，小鱼也不停地让我帮她拍照。她的艳丽装扮吸引了一位摄影爱好者前来搭讪，没有任何语言交流，几个手势彼此就明白了。两个人似乎合作得很愉快，最后小鱼留了邮箱给那位摄影师，以便他将照片传给小鱼。这件事足足让小鱼开心了很久。

太阳渐落的时候，我们信步走回民宿。我们并不着急往回赶，一路上我们会为一些花花草草停留，也会为一个古朴的建筑留步。回到民宿的时候，刚好太阳也落下去了。

第二天，我们计划开车到萨里亚，准备在那里度过我们的跨年夜，迎接 2019 年的第一天。我们在清晨出发，途中，我们在一座小镇短暂停留，以作休整。这座小镇是我们随意选的，它并不适合旅游，在网上也找不到任何旅游攻略。我们刚好赶上小镇的集市，很是热闹。集市就在小镇中心的广场上，摊位很多，商品五花八门。我们 3 个异国面孔出现在这里，引起了小镇居民的高度关注，时不时就会有人上来打招呼，并试图和我们聊几句。我也很喜欢这样的感觉，陌生但亲切。

我们还遇见一位来过中国的老人，他见到我们异常兴奋，和我们攀谈了好一会儿。姐姐和小鱼都不能用英语交流，我的蹩脚英语勉强能和他聊上几句，但彼此都很开心。我在老人眼中看到了他幸福的过往，现在的情景也终将成为我年迈时的点点滴滴的幸福。

我们在集市上买了一种本地的小吃，类似炸果子，上面撒着白糖。我们开心地吃着，摊主夫妇也盯着我们痴痴地笑。我们带着些许不舍离开了这个小镇，下午两三点的时候，我们到达萨里亚。因为是假期，街上基本见不到人，各种店面也都紧闭着。我们提前预订了民宿，计划晚上在民宿做一顿跨年大餐。

我打电话叫来房东帮我们打开了门，房东对我们很热情，用心地介绍房屋的情况。我问他城里有什么可以玩的地方，并询问了还在营业的超市在哪里。这里果然没什么可玩的地方，我们索性也不纠结，安顿好后依旧走街串巷地闲逛，顺路去超市买一点晚餐需要的食材。小城的安静，让我很享受。和我们国内放假时的热闹完全不一样，这里的人都躲在家里享受着团聚的快乐，偶尔遇见三两个人，也都是行色匆匆，好像急着赶回家。

我们在小城中心随便转了一会儿，在超市买了东西便往回走。因为还没适应时差，我们依旧会睡得早、起得早，所以我们要早点回去准备晚餐。我们 3 个人虽然算不上热闹，但忙忙碌碌地准备晚餐依旧能够烘托出新年的氛围。晚餐过后我们基本都熬不住了，早早地洗漱完就上床休息了。夜晚小城迎接新年的烟火在我们的睡梦中绽放，清晨醒来的时候，我很兴奋地看着新的一年天边露出的光亮，仿佛与这个世界在拥抱。

此行最重要的一个节点就是圣地亚哥—德孔波斯特拉，简称为圣地亚哥，每年会有很多人从各地出发徒步来这里朝圣，这里是朝圣之路的终点。如果时间宽裕，我很想在这里徒步一段时间，在朝圣之路上感受信仰给人的恬静和幸福。

朝圣之路并不是某一条固定的路线，但有几条比较著名的，其中始于比利牛斯山区的小镇圣让—皮耶德波尔的“法国之路”最为著名，并被联合国教科文组织评为非物质文化遗产。此外，北方之路、原始之路、英国之路等，也都是著名的朝圣路线。很多朝圣的路线上会有明显的指引标记，最多的就是嵌在路面的贝壳标识。这是精神的指引，引领着人们走出迷途，寻找内心之中的光亮。

我一直坚信有信仰的人是幸福的，随着物质生活的丰富，人们的精神世界反而变得越发贫瘠。很多人欲壑难填，对物质财富的追求几近疯狂，因此也成为物质的提线木偶。现在有多少人为了房子、车子、孩子一刻都不敢停息，在奔波忙碌过程中早已经失去了真正的自我。很多人的生活已经被各种物质条件所定义，即使停留片刻，内心中翻涌出最初的种种梦想，也发现梦想和现实早已大相径庭。人们除了感慨和落寞外，只能收获内心无尽的空洞。

物质财富永远不是幸福的真正来源，它可能是幸福构成的一部分，但绝对不是幸福的全部内容。不管是这些到圣城朝圣的人，还是到布达拉宫朝圣的人，他们用实际行动诠释着幸福的真正含义。精神世界的丰富与精彩，才是幸福的真正源泉。我在旅行中的种种经历也正是不断丰富精神世界的一种方式，我也尝试通过对自我需求的分析，去探求内心底层关于人性的认知。我希望这样可以让自己活得更为透彻，能够拨开表象之迷雾，寻求真我。若是侥幸能够实现，我可以将之形成通用理论，让一些人可以借用，那便算是人生之大成了。

圣地亚哥坐落在山坡上，不是一座很大的城市。老城里的路是不知道经历了多少沧桑、见证了多少朝圣救赎之人的石板路。我时不时地就可以在路中央看见贝壳标识，我忍不住俯身用手触碰，想象着或因为救赎身上的罪孽，或想要拯救内心的空无，曾经有多少人在这里寻求灵魂的寄托。沿着贝壳指引的方向，就可以到达圣地亚哥—德孔波斯特拉大教堂。这里便是朝圣的终点，也是圣地亚哥这座城的灵魂。

我们在这座小城中的每一步都走得很慢，细细地去品味周边的每一个细节，也许是墙上的一幅画，也许是路边的某个指示牌。这里有太多的故事，只是我们无法破译，只能默默地感受。我们几个人围着一座小教堂慢慢地转着，路边的一个古老的邮箱也深深地吸引着我们。若是以后有机会，我一定要选择一段朝圣之路徒步，穿过那些朝圣者穿行过的乡村，在疲惫中寻求心灵的慰藉。

离开圣地亚哥，我们开进了葡萄牙。在欧洲自驾，欧盟国家之间的界碑往往只是一个指示牌，不经意间就进入了另一个国度，不过不同的文字标识会提醒我们。

中午时我们抵达葡萄牙的第一大港口、第二大城市——波尔图。我们住在市中心的一座老建筑里的民宿里，老板在楼下开了一间很小的咖啡厅，我们费尽周折才找到了一处停车位。民宿前面就是一个小广场，略显得脏乱，但广场的人很多。我因在以往的旅行中有着一些不好的经历，所以我在这种环境中会格外地警觉一些，尤其是对那些穿着邋遢、叼着烟四处游走的人极为警惕。也正因为在旅行中见识过太多的人，所以我基本能够分辨哪些人是善意的搭讪，哪些人心怀不轨。对于心怀不轨之人，我会刻意绕开他们，避免惹上不必要的麻烦。

波尔图位于杜罗河河口地带，大西洋的海风通过河谷吹进这座城市，形成的海洋性温带阔叶林气候格外宜人。由于气候原因，这里盛产的葡萄品质很高，因此葡萄酒便成了这座城市不可磨灭的标志，也推动了航海贸易的发展。

走在杜罗河岸边，远处是横跨在杜罗河上连接老城区和加亚新城的唐路易一世大桥。大桥是著名设计师埃菲尔的学生设计的，是当时世界上跨度最大的大桥。与之相隔不远便是埃菲尔设计的玛丽亚·皮娅大桥，完成于巴黎埃菲尔铁塔之前。

杜罗河岸边是各色的餐厅和咖啡厅，河的对岸便是大大小小的酒窖，仿佛空气中都混杂着海洋和葡萄酒的气息，让人沉醉不已。午后岸边的人很多，人们的脸上洋溢着闲散的惬意。有人喝着咖啡闲聊着，有人独坐着或是看书或是发呆，有人躺在岸边的甲板上沐浴着阳光，也有一些父母在陪着孩子玩耍。沉浸在其中的时候，我真的不想离开，我期望自己就生活在这里，期望能够拥有简简单单的幸福。我们就这样在河岸边待了一下午，什么都没做。

傍晚，城市霓虹灯初亮，我们才踱步走回民宿。夜幕中的波尔图，冷清了很多，路灯也是昏暗的。还有几家礼品店在营业着，一些游客进进出出，我们也饶有兴致地去逛了一下。在当今物流极其发达的世界中，旅游纪念品基本也都天下大同了，并没有什么新意，且很多工艺品都是中国制造。我偶尔会买一些冰箱贴或者自己喜欢的当地制作的小瓷器作为纪念，其他的纪念品对我没什么吸引力。我们常开玩笑说犯不着商家从中国将这些东西运过来，我们再千辛万苦地搬回去。

这次行程的时间其实不足 10 天，但足够我们匆匆地走过这几个城市。虽然我们尽量不走马观花地游玩，只在城市的某一处沉浸其中，但总归是浅尝辄止。我却也执着地认为，我一定会再来的。

本次旅行真正意义上的最后一站就是葡萄牙的首都里斯本。到了里斯本，我首先想到的就是蛋挞。我向来爱吃甜食，所以我心心念念一定要在这里吃上地道的“葡式蛋挞”。里斯本建在 7 座小山丘之上，这座城市里的路基本不是上坡就是下坡，行人与古老的电车共用老城区狭窄的石子路。巷子里的蛋挞与面包的香气，混杂着电车叮叮当当的铃声，让人真的怀疑是否穿越到了几个世纪之前。

里斯本的老城区就像老电影中的场景，那种独特的氛围让人难以割舍，我的脑海中总会浮现我穿着雨衣，戴着西式礼帽，抱着一大袋子面包和牛奶穿行在雨中的样子。我们在老城区循着地图的指引前行，到达位于市中心的罗西奥广场，这里是人群会集的地方，广场的地面是由黑白相间的波浪形马赛克石子铺建而成，这也成为广场的一大特色。

广场的中央是葡萄牙国王佩德罗的雕像，广场的北侧是自由大道和庞巴尔侯爵广场，南侧是商业广场。位于城市制高点的圣乔治城堡也在不远处，是城市的地标建筑之一。上午这里的游人并不多，下午很多人都会到这里看日落，因为夕阳西下之时，在这里看到的里斯本老城区和特茹河的全景格外婉约动人。

我们买了门票，随着人流漫步在城堡之中。我倚在老城墙上看着错落有致的里斯本，细数着我们走过的地方，寻找着我们即将要去的地方。老城区的圣·胡斯塔升降机格外引人注目，升降机的顶部观景台可以环视里斯本的老城区，也可以清晰地看到老街上的人来车往。升降机通往的卡尔莫修道院在里斯本大地震中被摧毁，残垣断壁依旧可以彰显出它曾经的辉煌。

我们在特茹河畔的商业广场停留了很久。这里原本是皇家宫殿，地震之后重新修复成为贸易往来之地。现在的广场依旧热闹非凡，但并不拥挤。我们在广场的某个角落，看着人来人往，品味着广场两侧建筑的细节。奥古斯塔街凯旋门上的荣耀女神总会让人忍不住多看上一会儿，我们不清楚雕像的含义，但凭空猜想其中的故事，反而会让人觉得津津有味。

广场中央是葡萄牙国王若瑟一世的雕像，四周半包围的黄色建筑一部分是政府的办公驻地，另一部分是商业门店。广场与河岸之间隔着一条马路，一侧是碧波荡漾的特茹河，另一侧是繁华的商业街，暖暖的阳光伴着河面上吹来的湿润的风，沁人心脾。傍晚时分，我们沿着特茹河岸的马路走回民宿，这既是对这座城市的告别，也是对这次旅行的告别。

由于是晚上的飞机，时间尚早，在开往马德里机场的路上，我们便在距离机场不远的一个小镇停了下来。小镇很小，也看不到什么人。小镇中有一座破落的城堡，镇子的一路之隔是一个不算大的湖。我们在小镇里慢悠悠地转了一圈，站在城堡的顶处俯瞰着那一汪湖水，一人一狗在湖边玩得不亦乐乎，我们也心生萌动，想去湖边走一走。湖边没有真正可以走的路，只有冲积成的沙石滩，还好并不泥泞。我们坐在湖边沐浴着阳光，享受着旅行最后一段闲适温暖的时光，也算是为这场跨年之旅画上圆满的句号。

五、在新西兰独自跨年

2020年的元旦是我到目前为止在国外度过的最后一个跨年之旅，回国之后新冠肺炎疫情暴发，之后两年多的时间都没能再出行。虽然我知道这不会是我的最后一次跨年之旅，更不是我的最后一次旅行，但因为长时间未能出行，这次旅行成为我回忆最多的旅行。而且这次新西兰自驾因为各种阴差阳错的事情，本来计划一起出行的姐姐和另外两个朋友都未能成行，最终我独自一人，完成了这次新西兰跨年自驾之旅。

新西兰是我一直想去的旅行目的地之一，时隔这么久，我终于得以前往。刚好当时冯小刚导演的电影《只有芸知道》上映了一段时间，我这次行程主要参考了电影中男主角隋东风的南岛自驾行程，我甚至去了电影中他们开中餐馆的小镇克莱德，也算是给我的这次旅行找到了一些由头。

我于2019年12月27日从奥克兰转机直接飞到了克赖斯特彻奇。到克赖斯特彻奇时刚好是清晨，而且刚好处于圣诞和元旦假期，城市都还没苏醒过来。我先联系了租车公司的负责人，他是一位华人，他到机场接我。我预订的车送去维修了，要等到下午才能够提车。我和负责人商量之后，他开车先把我送到市中心，下午他拿到车后会到市区接我去取车。他一路上帮我介绍那些好玩的地方，我一一记下。

克赖斯特彻奇的城区很小，不需费太多脚力就足以游玩个遍。他建议我可以先乘坐观光小火车简单游览一下，然后再徒步去自己喜欢的地方，之后他便把我放在了观光小火车的始发站。我大概等了半个小时，上午 10 点第一班小火车才开始出发。我买了票坐在靠窗的位置，看到城市渐渐活跃了起来。

小火车全程大概半个小时，会路过大教堂广场，并会停留几分钟让大家拍照，也会有游人在这里上车。穿过大教堂广场，小火车会驶入堪称“新西兰最美的街道”——新摄政街。这条街于 1932 年建成，街的两侧是琳琅满目的商铺，街的尽头是一个菜市场，里面有各种蔬果和小吃。然后火车会穿过雅芳河上的桥，沿着雅芳河前行一段路，再从城区的外围绕回火车的始发站。

我走出火车站，沿着刚才火车的路线走到了大教堂广场。广场周边有小商贩摆好了摊位，卖着各种小吃，有热狗、三明治、冰激凌等。广场中央有乐队在表演，前面放着他们录制的专辑，喜欢他们音乐的人会把钱放在一旁的小盒子里，默默拿走一张 CD，表演者会点头示意感谢。这种形式在国外很多地方都能见到，虽然弹唱的形式最多，但也有其他才艺展示，也有一些行为艺术表演。

大教堂在 2010 年和 2011 年两次大地震中被损毁，现在正在修复，建筑的主体虽然轮廓尚好，但散落一地的瓦砾却足以见证它曾经经历过的劫难。原本哥特式的塔尖依旧是用木架在支撑着，教堂的外围被铁丝网围起来，游人无法进入。受到各种因素的影响，国外对这种建筑的修复着实很慢，一个建筑修复几十年甚至上百年都是很常见的事。

离开大教堂广场，我又去了摄政街。我对于两侧的商铺着实没什么兴趣，便走到街尽头的市场内，寻觅适合我的午餐。我在市场里逛了两遍，最后选择了一种类似烤肉卷的小吃。一张薄饼卷上烤肉和蔬菜，淋上沙拉酱，分量很足，完全够我一个人吃的。其实新西兰的饮食种类并不丰富，在我们看来的小吃，也就是他们的正餐。

我拿着烤肉卷走出市场，前面就是紧挨着雅芳河的小广场。广场上有很多供大家就餐的桌子和座椅，当地人三三两两地围在桌子旁一边吃着早午餐一边聊着天。很多水鸟不停地在附近飞来飞去，寻找着人们吃剩下的食物残渣。它们并不招人喜欢，不停地被驱赶。广场的周边也有很多餐厅、酒吧、咖啡厅，只是现在顾客并不多，店员在里里外外地忙着摆放餐具。

吃过东西我沿着阶梯走到河边，河水异常清澈，盛夏的季节，让人很想一猛子扎进去享受这河水的清凉。河底的水草清晰可见，水中的大鲤鱼游到岸边等着人们投喂面包，游在水面的水鸟和野鸭也赶来抢食。我在台阶上坐下，长途奔波的疲累让我没了精神，懒懒散散地环视四周。雅芳河两岸茂盛的树木遮住了阳光，在岸边坐久了会觉得一丝清冷，我裹紧外套起身去阳光好的地方。

沿着岸边我往硬纸板教堂的方向走，教堂是由日本建筑师坂茂使用了 96 块经过特殊处理的硬纸板搭建而成，这是世界上唯一的由硬纸板建造的教堂。与教堂一街之隔有一个显著的“I LOVE CHINA”（我爱中国）

的红色文字雕塑，看着这个雕塑我略微欣喜，在国外倒是第一次见到这样的雕塑。我绕着雕塑走了好几圈，从各个角度去拍照，我内心对这种文化和艺术的包容油然赞叹。

硬纸板教堂也是紧闭着的，游人不能进去。我沿着河岸继续往前走，到了一处公园。我望见不远处有一个小码头，应该是泛舟雅芳河的起始点。我在脑海中想着这样一幅画面：我撑着一支长篙，踏着小舟漫溯在幽婉的河水中，与野鸭相戏，与星辉相伴。我在眼前的景色中沉醉，身体也在疲累中越发懒惰，便索性找一处草地躺下休息。我枕着背包，沉沉睡去，又在一阵凉风中醒来。我缓缓地睁开眼睛，湛蓝的天空如同一双圣洁的手，拂过我的面庞，让我顿时神清气爽。

我起身在公园内漫步，向着为纪念在地震中逝去的 185 个生命的 185 把椅子的方向走着。椅子由家属捐赠，是地震遇难者生前使用过的，包括沙发、轮椅、餐椅、儿童椅等。椅子全部被涂成了白色，放在绿色的草地上，象征着重生和希望。我不忍心仔细观看，匆匆地走过。面对这些逝去的生命，我的内心总有一种无助。

穿过一条街是一个开放的儿童游乐场，很多小孩子在里面玩耍，父母陪在他们的身边。这一情景与 185 把椅子的情景形成了强烈的反差。我走进乐园，找了一个秋千坐下，看着嬉戏玩闹的孩子，由衷地希望他们能够快乐成长。

租车公司的负责人拿到车子给我打了电话，来我所在的位置接上了我，我在停车场取到车便直接去了郊外的民宿。由于地图上的定位不够精准，我误闯进一家小农场，还好主人很热情地帮我指了方向，我才能很顺利地找到民宿。这一带都是一家一户的小农场，我预订的民宿也是一样的。房主是一对老年夫妇，看到我的车子开进来，他们主动出来迎接我，并指导我把车停进了车库。

那天只有我一个房客，他们向我一一介绍了房间的情况。男主人说院子里有一条小溪，他们还在小溪旁边养了一些很可爱的蜜蜂，叮嘱我游玩的时候不要去骚扰它们，免得被蜇到。他们问过我第二天早上用早餐的时间后便告辞了。

我安顿好之后就赶紧走进了这个小农场去一探究竟。房屋前是一大片的草地，开垦出的几块地种上了各种花。我找到了隐藏在芦苇丛中的小溪，溪水被厚厚的水草掩盖，几个蜂箱就摆在小溪的两侧。我远远地看着小蜜蜂忙来忙去的样子，想到男主人用“cute”（可爱）形容这帮小精灵，觉得甚是贴切。

男主人在远处开着一辆超大的拖拉机在翻耕着土地。土地和草地之间隔着一道铁丝网，我站在铁丝网处看着他忙碌着。他看见了我，挥手和我打招呼，脸上的神情却是羞涩得很。我会心一笑，向他挥手示意，转身回到房子前的露台，坐在躺椅上，晒着太阳。在我的规划中，我退休后要在国外某个城市的郊区买下一处小农场，建一排木屋作为民宿。我要在田地里种上蔬菜、瓜果，再将大把的时光用于读书、写字、旅行，把对生活的任性与坚持呈现得淋漓尽致。

我没有在克赖斯特彻奇过多地停留，在民宿住了一晚之后，我便去了奥马鲁。回国后没多久，一位多年未联系的老友发来消息问我国内疫情的情况，我才知道他一直在克赖斯特彻奇生活。我们是在参加全国大学生骨干培训时认识的，当时文艺晚会表演，我俩表演了一段相声。他大学毕业后先后在新加坡和新西兰留学，毕业之后便留在了新西兰工作，已经结婚生子。他抱怨着新西兰生活的过于安逸，但也无力改变什么了。

我很惋惜在克赖斯特彻奇的时候没能见到他，便和他约定再去新西兰的时候会去看他。青春年少时的往事总是那么美好，毕业工作之后我有很长一段时间都无法割舍，每到毕业季的时候，我就格外伤感。随着年纪的增长，我渐渐地学会了活在当下，学会了享受此时的美好。但我每每想起那段青春年少的时光，总会面带微笑。

这次到奥马鲁主要是为了弥补在澳大利亚没看到小企鹅的遗憾，我早早地在网上订好了票，以便在傍晚时分看到成群的小蓝企鹅回巢的场景。奥马鲁是一个很小的城镇，一眼就可以望到头，一条主街横穿小镇中心。这里保留了很多历史建筑，有一条遗留下的老街，是 19 世纪维多利亚时期的，老街的路是由石头铺设而成。

老街两侧的建筑都是由石灰岩建成的，这些建筑原本是银行、旅馆、政府机构，现在变成了商铺，售卖着各种艺术品和旅游纪念品。走在街上，我可以感受到早期移民到这里的人们的生活。街边老式马车作为文物依旧保留着，旁边堆放着破旧的红酒木桶，这些画面让我情不自禁地联想到 19 世纪英国城市的街景。

傍晚，我早早地吃过晚饭，沿着海边向观看蓝企鹅归巢的博物馆走去。路上同向而行的人并不少，时间尚早，大家都不急着赶路，惬意地欣赏着海岸风景。海堤上有很多巨石，有的企鹅会在巨石缝隙里筑巢，或者是在一路之隔的山体石头缝隙间筑巢。这群小精灵早上会按时出海捕食，晚上准时回巢休息。小蓝企鹅是企鹅家族中体形最小的，平均身高在 43 厘米左右，体重大概只有 1 千克，雄性的体格会比雌性略大，因其头部和背部靛蓝色的羽毛而得名。

新西兰政府在这里专门设置了研究和保护蓝企鹅的博物馆，博物馆为它们设置了很多人工巢穴，并给每只企鹅都做了电子标识。通过电子标识，工作人员可以监测它们生活的各种数据，以进行科学研究和更好地保护它们。太阳落下之后，天色还有蒙蒙亮光之时，小蓝企鹅们陆续地回来了。工作人员会提醒我们注意观察海浪，因为它们是随着涌向岸边的海浪成群结队地游回来的。这种小生命在茫茫大海之中显得甚是渺小羸弱，却也格外坚毅。

我看着它们在海浪中慢慢地游上岸，在一堆乱石中艰难地爬上来，然后快速地跑过观赏台前的草地。它们可以精准地找到自己的巢穴，偶尔一两只晕乎的小企鹅若是走错了，也会被驱赶出来。这里禁止用闪光灯拍照，因为会伤害到小蓝企鹅的眼睛。两三拨企鹅陆陆续续地回来之后，观赏也就结束了。

回去的路上，我遇见了几只生活在博物馆外的小蓝企鹅。遇见行人它们也不害怕，会驻足观望一下，然后快速地跑去寻找自己的巢穴。它们憨态可掬的样子让我喜爱不已，虽然只能远远地看着它们，但我的内心也着实欢喜。

离开奥马鲁去但尼丁的路上，会经过摩拉基大圆石。据说这些大圆石形成于 6500 万年前，科学解释为是带电粒子周围的钙和碳酸盐慢慢结晶形成，过程类似于珍珠的形成。这些大圆石分布在海滩上，表面已经龟裂，有的甚至残损不堪。如果不是事先知晓，很难想象这是大自然的鬼斧神工，倒像是人类精心打磨之后的产物。

对于类似的自然现象，我也不会坚信所谓科学的解释，科学也是在不断发展进化之中，也会受当期发展水平的局限。面对自然我们都是苍白的，有太多的未知之境难以诠释，现在的科学水平依旧无法解释清楚金字塔和长城建成的技术可行性，但却在千年之前就被当时的人类实现了。

在自然面前，我更倾向于顺势而为，这一点在新西兰践行得很好。新西兰虽然是发达国家，但经济主要依赖于农牧业，巅峰时期牛羊总数是人口的 10 倍之多，羊肉和奶制品出口量位列世界第一。经济的发展给予自然最大的尊重，这也是新西兰会成为众多旅行爱好者钟爱之地的原因。在新西兰，人们总会领略到自然留给人类最初的美好。

我中午时分便到了但尼丁，预订的民宿就在堪称世界上最陡的街道一侧。街道的坡度视觉上似乎都接近了 90 度，驾车上去的时候我心里会有一丝恐慌，生怕脚下的油门松了一下就会溜车。按照房东事先发给我的邮件指示，我很容易找到了房屋的钥匙。安顿好之后，我依旧是徒步去市区闲逛。

在小镇遍布的新西兰，但尼丁足可以称为城市了，新西兰最古老的奥塔哥大学就坐落在这座城市。城市里不喧闹，也不冷清，也没有过多可供旅行者游玩的景点，或许这里呈现了新西兰当地居民最真实的生活状态。我没有什么规划，抱着走到哪儿看到哪儿的目的往市中心的方向走着，中途在 First Church（第一教堂）旁的 Subway 简单地吃了午饭。

当天的天气有些阴晴不定，时晴时雨，其间我在奥塔哥大学的古老建筑里躲雨，后来趁着雨小了一些我索性躲到星巴克里。我在靠窗的位置坐下，一边喝着咖啡，一边呆呆地望着窗外。在旅行中走累的时候，我经常会选择这样的方式歇脚。因为看过再多的景色，都不如找一个舒适的地方让心灵好好休憩一下。

临近傍晚，我找了一个超市，买了一些水果和食物，提着袋子往民宿的方向走着。路过一座公园时，我忽然想停下来看日落，便在小山坡的长椅上坐下，等待太阳慢慢地落下。那一刻，一个人便是生活的全部。很多人无法理解我一个人旅行的意义，我却执迷其中。只有在旅行途中遇见那些只身旅行的人，才会不需要彼此解释，一个微笑便足以证明内心世界的共鸣。

我在但尼丁去往皇后镇的路上，去了《只有芸知道》电影中所说的克莱德小镇。进小镇的时候会穿过一条河，河上的那座红色的铁桥似乎就是电影中的那一座。我将车停在路边，想徒步去寻找电影中的那个中餐厅，但是没有找到，也许是拍完之后已经恢复了原貌，也或许电影根本就没在这里取景。小镇的静谧着实让人心旷神怡，铁桥边上是一个小广场，午餐后的一家人在草地上席地而坐，小孩子自顾自地玩耍着，夫妻两人闲聊着，他们脸上的微笑是这温馨时刻的真实写照。我不禁在想：生活的美好是因为我们真心热爱过，而不是拥有了什么。

离开克莱德的时候，我开始沉浸在电影情节的伤感中。我在想我会不会遇见那么一个人，愿意和我一起旅居国外，过着不咸不淡的生活，两个人相依为命，在陌生的环境中相互温暖，执手一生。对于爱情，我并不擅长，因为精神上对完美主义的追求，总是让我难以在爱情中将就，我宁愿孤独一生也不愿草草一生。在我看来，钱钟书和杨绛两位先生的爱情才是真实且完美的，也实属世间的奢侈品。

电影是根据真实故事改编，男主角的原型是导演的挚友，他在八九十年代移民到加拿大的某个小镇。虽然电影上映后评价褒贬不一，但我对电影中乌托邦式的爱情着实喜欢，不管结局的悲喜，至少这样的爱情值得歌颂与回味。

皇后镇是一座可以让人完全忘记悲伤的小镇，是旅行者的天堂。小镇聚集了很多来往游客，异常热闹，这在新西兰任何地方都是比较少见的。为了方便停车，我选择住在小镇外围的酒店。从我所住的酒店走 10 分钟左右就到小镇的中心，也就是小镇的商业区。在瓦卡蒂普湖边，我远远地就可以听到来自那里的喧闹之声。午后的热浪夹杂其中，有湖水和溪水做伴，我一点都不觉得烦躁。

小镇中心周边的空地和草地上随处可见姿态各异的人们在悠闲地享受着时光，在这座小镇上，或许什么都不做就是最好的旅行。我在肯德基胡乱地填饱肚子，信步走在小镇的商业街，各种为游客服务的店铺林立两侧，一家网红汉堡店排了很长的队，隔壁的面包店倒是十分冷清。

很多人会在这个小镇小住几日，因为这里有太多的事情可以做，而我或多或少有些厌倦了这些，或许这些事情要和心爱的人一起做才更有趣味吧。一个人旅行的时候，我总喜欢享受淋漓尽致的孤独。我坐在瓦卡蒂普湖的碎石岸边，看着太阳在南阿尔卑斯山脉间悄悄落下，湖水中的一棵独立而存的树，仿佛是来自北方的佳人。微风拂过湖面，落日余晖铺洒而来，我丢一块石头，湖面泛起些许涟漪。但再多的喧闹，我都会心无旁骛。

我没有在皇后镇过多停留，这里我会再来，和我心爱的人一起。如果不是我承诺过的那个人，或许我再也不会来。在皇后镇停留一晚，我开车前往弗朗兹约瑟夫冰川村庄。村庄因为冰川旅行而生，在冰岛旅行时我体验了冰川徒步，也看过了很多冰川，所以对于冰川也没有什么兴趣，我来这里只是为了等候着新一年的到来。

途中我特意驱车到瓦纳卡，瓦纳卡湖与哈维亚湖都在这个小镇。这里是新西兰本地人度假的胜地，新年假期间这里聚集了很多人，我找了很久的停车场才停好车。我坐在湖边的树荫之下，和当地人一样安静地享受着假期的美好。下午四五点的时候我到达弗朗兹约瑟夫冰川村庄，群山包裹下的村庄甚是安静。

村庄只有前后两条小街，也没什么游客。街两侧只有酒店、餐厅、旅行社之类的商铺，街的尽头有一座冰川博物馆。我几分钟便把这个村庄走遍了，便找了一家餐厅准备吃完饭。今年只有我自己跨年，所以打算找一家很有仪式感的餐厅来完成 2019 年最后一次晚餐。村庄里还有两个酒吧，傍晚时分就有些热闹了，迎接新年的氛围渐渐浓郁。

我吃过晚饭回酒店休息了一会儿，9 点多的时候出门去酒吧等待着新年的到来。这时的酒吧已经十分热闹了，我点了两瓶啤酒和一份小吃，坐在靠近电视的高脚椅上。这个酒吧略简陋一些，但人却挺多，服务员已经忙不过来了。我打量着酒吧里的每一个人，看着他们的穿着打扮和言谈举止，他们似乎都是本地人，只有我一个黄色面孔的外来游客。虽然我有点格格不入的感觉，但也没引起过多的关注。

我旁边坐了一位 40 多岁的男子，他有意无意地和我攀谈了几句。酒吧里很吵，我也没听太清楚他说的话，我随便地敷衍着，他喝完酒便起身离开了。我就这样百无聊赖地熬到了凌晨，这时电视上在播放奥克兰市中心跨年的景象。酒吧里的人也都聚集到了门口，在人们的欢呼中，伴随着腾空而起的烟花，新的一年就这样开始了。欢呼之后人们的热情并没有褪去，有聚在一起互道“Happy new year”（新年快乐）的，有亲吻在一起的情侣，也有回酒吧继续喝酒的。

我在一群人的喧闹中尽情地享受着孤独，我一个人默默地回到酒店。深夜的村庄也安静了下来，我内心中也没有过多的波澜，这也正是多年旅行沉淀下来的不悲不喜的淡定。

离开弗朗兹约瑟夫冰川村庄，我径直开往格雷茅斯。我早早地到了小镇，镇上几乎看不到人。我把车停在入住酒店的停车场，服务人员还没有上班，前台的桌子上摆放着通知牌：下午两点到四点会上班办理入住，退房只需把钥匙留下即可。我也不着急办理入住，便在镇子里随便逛着。因为没吃早饭，我便想找个地方吃点东西。只有一家肯德基在营业，店里的人也不多，点餐的时候我和店员简单聊了几句，才了解到因为昨晚狂欢太晚了，大家都在休息中。

吃过东西，我决定驱车去附近的普纳凯基，那里有大自然形成的千层饼岩石与喷水洞。海水侵蚀和自然风化把岩石塑造成千层饼一样的形态，矗立在海边光怪陆离各种造型的岩石，倒像是出自一位技艺精湛的雕刻大师之手的作品。喷水岩洞要在涨潮时才有机会看到，据说可以将海水喷出几十米。涨潮的时机需要一些运气才能碰到，我并没有刻意地等候，这种事随缘比较好，我也不去纠结。

回到格雷茅斯后，我先到酒店办了入住。在房间里简单地休息了一下，我便继续出去在小镇里闲逛。旅行中我并不愿意一直待在酒店里，即使累了我更喜欢在外面的某个角落里歇脚。我也不执着于一定要去看某个著名的景点，走街串巷反而乐在其中。

格雷茅斯是格雷河的入海口，我沿着格雷河岸边漫步，穿过一座桥到河的对岸，在堤坝上走到接近入海口的地方。这里停泊了很多当地渔民的渔船，我坐在栈桥上，四下无人，只有几只水鸟在渔船上寻找着食物。阳光被云遮起，我戴上耳机听着音乐，放空自己。

在电影《只有芸知道》中，让我心心念念的小镇就是凯库拉。罗芸一直想来凯库拉这里看鲸鱼，死后隋东风带着她的骨灰来了，并将她一部分的骨灰撒在了大海里。我到了凯库拉后，就迫不及待地去游船中心预订出海看鲸鱼的船票。还好当天下午的船票还能买得到，我大概等了两个小时就上船出海了。我此行的主要目的就是看抹香鲸浮到海面换气的情景。

成年抹香鲸可长达 18 米，体重超过 50 吨，是体形最大的齿鲸。抹香鲸会在去世前用尽全力翻出海面，然后坠落至海底。其尸体可以供养一套以分解者为主的循环系统长达百年，这也就是传说中的“一鲸落，万物生”。

但不是每一次出海都能有幸看到抹香鲸的，船员也会用声呐设备吸引鲸鱼前来，能不能遇见就要看运气了。海豚倒是很容易被声呐发出的声音吸引而来。海豚是群居生物，很是聪明，我在马尔代夫的时候也曾看过它们，这次又在海上遇见了成群的海豚。它们看到游船会开心地跃出海面，像是在和人们打招呼。

游船要开近一个小时到达深海区才能够有机会看到抹香鲸。当天海浪巨大，颠簸之下我晕船很严重，蹲在甲板上扶着栏杆，痛苦万分，后悔没有吃防晕船的药。但我还是幸运的，最终等来了抹香鲸。当它出现的时候，船上的人一阵惊呼。一只庞大的抹香鲸近在眼前，它几次换气露出头部，喷出水柱。站在船上我无法俯视它全部的身躯，但是只看那露出水面的头部，就足够令我震撼。

换气结束之后，它会腾跃摆尾潜入海底，巨大的身躯会隐约呈现出来，掀起的海浪让游船随之晃动。那一刻我觉得所有的痛苦都值得了，也似乎领悟到罗芸为什么很想亲眼看到这样的景象了。回到岸上之后，我渐渐地舒缓过来。走路回到小镇中心时，刚好是晚餐时间。一家在小镇入口的炸鱼薯条店前排了一些人，我索性也跟着排队尝试一下。炸鱼薯条堪称英国的国菜，在新西兰如此受欢迎也并不奇怪。虽然是一人份的餐食，但分量很大，我一个人吃不完，尤其是薯条。炸鱼都是去骨后的鱼肉，我倒是都吃掉了。

吃过晚饭，我沿着海边的小街散步。游人很多，我听见两波华人游客在交流他们出海海钓的收获，描述着他们钓上来的龙虾。新西兰的龙虾很出众，不过在当地的价格也并不划算，甚至比国内的还要高。海钓的费用和购买龙虾的价格相差无几，不过可以体验海钓的乐趣。

我走在落日的余晖中，又想起电影中的情节。我不禁思考，我们可以不可以在生命存续的时候，少一点遗憾。凄美的故事很动人，甜美的故事很俗套，然而能携手走完一生的平淡生活照进现实一样动人。我常常告诫自己，想做的事情一定要勇敢去做、坚持去做，我不希望自己在未来人生的某一时刻说出如果当年如何的言语，更不希望躺在病床上与这个世界告别的时候，心中留有太多的遗憾。

此行我唯独在蒂卡普停留了两晚，这也算是我在南岛的最后一站了。再回到克赖斯特彻奇的时候，我还了车便飞回了奥克兰。在开往蒂卡普的路上，有很多可采摘的樱桃园。我自驾的这一路每天都会买上一盒新鲜的车厘子，洗好放在副驾的座位上，路上时不时地吃上几颗。新西兰的车厘子倒是新鲜又便宜，我十分喜欢。

快到蒂卡普小镇的时候，我远远地看见公路尽头的雪山，内心瞬间开阔，就像是炎热的夏天喝了一瓶清凉的山泉水一样。在蒂卡普小镇的入口处，有一大片的鲁冰花，开得正好。路两侧停满了车，我也找个位置停了下来。置身在花丛中的时候，我情不自禁地想起那首甄妮唱的老歌《鲁冰花》，歌词中的一句“天上的眼睛眨呀眨，妈妈的心呀鲁冰花”和这座小镇也莫名地契合。

蒂卡普被称为世界上最美的星空小镇，很多摄影爱好者来到这里就是为了拍摄一张完美的星空照，而且这里还有南岛最美的蒂卡普湖泊，这些也正是我会选择在这里留宿两晚的原因。小镇的游人虽多，却也安静，小镇的房屋都相对分散，也没有集中的商业中心，倒是有一家很大的日料餐厅。我在蒂卡普住的民宿是一个独立屋，房屋很大很干净，有很大的院子，院子围栏里养了很多只羊驼，还有两头似乎还没完全驯化的野猪，野猪的獠牙尚在，凶猛的样子让我有些生畏。

在蒂卡普的两天时间里，我格外清闲自在。我白天在蒂卡普湖边徒步，夜里去好牧羊人教堂看满天的繁星。夜空中的星河清晰可见，只可惜我对摄影并不精通，如果能够用相机记录下那绝美的星空，也是人生幸事了。小镇有一条经典的徒步路线，可以登上约翰山，俯瞰蒂卡普湖的全貌。徒步的小路都是爱好者们探索出来的，经过树林和山顶的草场，就可以到达山顶。山顶有一座气象台，还有一家咖啡厅。咖啡厅虽然身处山巅，但客人却络绎不绝，来这里的旅行者基本都会到咖啡厅点上一杯咖啡，找一个靠窗或者户外的位置坐下，喝着咖啡欣赏着湖光山色。在我看来，似乎没有比这更为惬意的事情了。

下山的时候，徒步的人可以沿着湖边的小路返回小镇，全程下来也就一两个小时。小镇的那家日料餐厅很是火爆，用餐时间一到，需要排很长的队等候用餐。这里有来自库克山三文鱼农场最新鲜的食材，幸运的话还可以坐在靠窗的位置欣赏波光粼粼的蒂卡普湖。

我离开蒂卡普的时候有很多不舍，有对这座小镇的，也有对这次旅行的。在开往克赖斯特彻奇的路上，我刻意开得很慢，我会在风景亮丽的地方停留片刻。我希望时光可以停止，或者只是流逝得慢一些。

此行最后一站就是奥克兰，这是新西兰最大的城市，电影《只有芸知道》中的两位主人公隋东风和罗芸就是在这座城市认识的，这里也是很多华人移民到新西兰生活的第一站。奥克兰经济繁荣，却有着与新西兰整体不太匹配的生活气息。尤其是身处市中心的时候，我能够明显感觉到人们的行色匆匆，只有在一些公园里才能够感觉节奏慢了下来。

奥克兰三面环海，市中心也位于海滨。奥克兰地标建筑天空塔和高架桥港都在这里，高架桥港里停泊着众多私人游艇和帆船。奥克兰每三个家庭中就有一个拥有一艘游艇，所以这里也被称为“千帆之都”。Queen Street（皇后街）汇聚了世界各大奢侈品牌的门店，周边餐厅、酒吧也数不胜数。在这里我能感受到纸醉金迷，也能看到生活艰苦，我并不太喜欢这种感觉，匆匆看过就想逃离这里。

距离市中心 20 分钟左右车程的使命湾沙滩倒是另外一番天地，这里也是当地人最喜欢的休闲之地。沙滩一街之隔便是各色餐厅和酒吧，傍晚的时候我在这里吃晚餐，朋友推荐一家餐厅的青口贝着实让我赞叹不已。

在奥克兰，最惬意的事是站在伊甸山上俯瞰奥克兰全貌。奥克兰有 48 座火山锥，伊甸山是其中最高的一个。火山锥是火山喷出物在火山口周围堆积形成的山丘。站在伊甸山上，看着奥克兰这座似曾相识的城市，我也在默默地和它告别。

旅行让我和一座又一座城市相逢之后又分开，或许我们都注定不属于彼此。指尖触过的地方留着彼此的余温，再多的悲伤也是曾经欢喜的见证。我努力地不去伤感，毕竟在生命的某个节点拥有过。

第三篇

旅行故事

一、独行土耳其

我曾读过一本《伊斯坦布尔假期》的小说，对书中故事情节的记忆已经有些模糊了，但伊斯坦布尔这座城市却印在了我的心里。小说中反复提到的博斯普鲁斯海峡，我也曾在地理课本中学到过，它就在伊斯坦布尔这座城市。背上行囊的那一刻，我还有点犹豫。当时的土耳其时局有些不稳，朋友对我这次旅行都有点惊异，但我还是去了，一个人和一个背包。

为了给这次旅行增加一些新鲜的境遇，我为自己设置了更多流浪色彩的情节，严格控制了旅行开支。只是后来在旅途中遇见几个真正穷游的人，我才知道，我的旅行依旧很奢侈。旅行这种事本就没有模板，就像是我们选择了不同的书，读了不同的故事。

飞机落地伊斯坦布尔是早上，我在路上遇见了一位同行转机去以色列参加艺术节的女孩。她在美国读书，是钢琴专业的在读博士生，去以色列参加一个国际钢琴比赛。她中间只有两个多小时的转机时间，但依旧想看一看这座城市。我们办完入境手续出关之后，时间已所剩无几，我只能陪着她在机场外简单转一转。我们眺望着远处城市中心的楼宇，似乎也没什么色彩。

我在机场外的小便利店内看见了当地常食用的一种面包圈，她在我的建议下买了一个，结果并不是我们想象中的甜点。我陪她办理完值机，送她至安检口之后，我才启程去市区，我心里还是有那么一点迫不及待的。

在我踌躇不知该如何购买巴士票的时候，一位本地的帅哥帮助我在自助机上办了一张公交卡。他会讲英文，在他的帮助下，我顺利地坐上了去往市中心的巴士，只是没有用上那张公交卡，不过在接下来的几天这张卡还是发挥了它的作用。

经过一个小时左右的车程，我便到了市中心。我在晕乎乎的状态下就下了车，下车后突然间有点束手无策，随即便思考接下来我该怎么办。要打的士去酒店吗？我在路边站着冷静了一下，稳定了狂跳的内心。我在导航上看了一下到酒店的距离，大约 5 公里。我决定徒步前行，刚好可以初步认识一下这座城市，由此我又兴奋起来了。

我这次的行囊只有一个大背包，不会摄影的我，早不再背着笨重的单反四处跑了。一个手机随意拍，也能给回忆留一点可追溯的相片。

行走在伊斯坦布尔这座城市里，文化融合的味道很浓郁，旧时留下的断壁残垣会让人有点迷失，不知道这里是何年何月。还好，叮叮当当驶过的电车会把我呼唤回来。

烤肉绝对是这个国度最负盛名的标识，尤其是在热爱美食的中国人眼中。穿过塔克西姆广场，街边便都是各色的烤肉摊点。商家不停地向游人吆喝着，我倒是有几分饿了，但是我对这种叫卖的摊点一直有些恐惧感，尤其是在国外。最终我还是选择了绕开他们走，远远地拍了一张照片便走掉了。

这个季节的伊斯坦布尔比我预想的要热很多，我背着大旅行包，汗水渐渐湿透了衣服。我在一家小超市买了一瓶可乐，又在街边找了个位置放下背包整顿歇息了片刻。我静下来看路上的行人和街上的隐蔽角落，发现有很多只猫在各处活动。我突然想起来，“撸猫”是伊斯坦布尔这座城市的另外一种奇特文化。据说这里的人很喜欢猫，家养的猫多，流浪猫也多。不过即使是流浪猫，也不会被人厌弃，总会有人给他们食物，所以这里的猫生活得都很惬意，就像这里的人。我后来在塞尔丘克住的是一家家庭旅馆，老板没事便在草地上逗趣小猫，人和猫都自得其乐。

我穿过横跨海峡的大桥，进入老城区。过了桥老城区这一侧便是个游船码头，熙熙攘攘的人群聚集在这，各色的游船停泊在码头，上下的游人也很多。我没有停留，直接避开人群继续前行。进了老城区，街道狭窄了很多，我需要穿过埃及市场。这是当地的一个批发市场，但这个市场并不是最大的，最大的叫“大巴扎”，其实就是土耳其语音译过来的，本意是大市场。

市场里大都是各色的服饰、特产、纪念品，还有一些蔬菜瓜果。我每到一座城市，特别喜欢去当地的市场闲逛，我喜欢去那里细看当地人生活的百态。只是我渐渐地发现，在如今全球贸易极度发达的境况下，市场的同化度已经很高了，这种大型的市场也渐渐沦为景点，能够让我汲取到的精神养分越来越少。

我匆匆穿过市场，终于到了略微宽敞的道路。我的心也从人群中的局促释放开来，我放慢了脚步，四处张望着。行走间我恰好看见一个人的东西掉了，是一把刷子，我便喊住了他。原来是一个挑着担子游走在街上为人擦鞋的小贩，他听到后停了下来，拾起刷子便要为我刷鞋，我以为他是以此感谢我。他用简单的英语和我攀谈了很多，说自己有 3 个孩子、家境困难，当时我就觉得事情似乎没有那么美妙了。他果然讹诈了我一百里拉，我并没有计较，把口袋里装的零钱给了他，还接受了他虚伪的友好握手。

后来我遇见一个叫“妖怪”的中国女孩，她说我是疯了，但我却和她说，没必要为了我的人身安全和旅行的心情和一个不值得的人去计较。吃亏不过是件小事，泯灭的良心自有他的信仰去拯救和惩罚。我当时的心态就是这样，所以我继续开心前行。人们常说旅行就是一场修行，我想这也是其中一种吧。

我从酒店的公共休息区域可以望向黑海，下午有很多货轮停泊在海面，在等待着夜晚驶过博斯普鲁斯海峡。楼下是两条铁轨，却始终不见火车经过。在我等待房间整理时，老板送给我了一杯红茶。红茶杯是细腰的小玻璃杯，没有把手，杯托里还放了两块方糖。我低下身子透过茶杯去看窗外的景色，却因自己的行为忍俊不禁。

我呆呆地望着窗外，这是我在旅行中最喜欢做的事情，虽然看不到各色行人，但远处海上的船在深深地吸引着我。我仔细地掠过一艘又一艘船，不禁在想，这个久经沧桑的海峡，曾经有多少只船驶过，有多少是为和平而来，又有多少是为征战而来，是不是这里曾经的欢笑与鲜血才铸就了如今的凝重。我在伊斯坦布尔的第二天一早就踏上穿越海峡的轮船，但我依旧在想着这些问题。

游船穿过海峡，经过亚欧大陆的分界点。两侧的建筑来自不同的年代，用不同的方式错落着。几座现代化的大桥横跨海峡，跃在半空中，我远远地看见桥上车水马龙。面对这样的一种情景，我有些无所适从，感觉我就像海里的一滴水、陆地的一粒沙，存在却很渺小。但还好，我并不是甘于寂寞的人，我会用自己的方式认识这个世界，见证自己的存在。

办理入住以后，我冲了澡，整理好东西，打算继续出去徒步。房间的窗正面对着那片海，只是我此刻没了兴致观赏它，我想接下来的几天我会有更多的时间与它慢慢相处。其实这本就是意识中的一个错误，太容易得到的就不容易被珍惜。我虽然明白这些道理，但也终究还是逃不掉这个怪圈，我又不喜欢拧着自己的性子去做事，也就不去计较了。

冲洗干净之后，我整个人神清气爽，我一边哼着歌一边朝着蓝色清真寺的方向走着。酒店距离几个标志性景观都很近。从酒店出来之前，我就仔细地研究了地图，出酒店后我就不再看地图了。走街串巷是我最喜欢的，我对方向并不敏感，但跟着感觉走，也会别有一番乐趣。接下来的几天我对伊斯坦布尔核心区域的道路基本都熟稔了，整个城市都是依着海峡建设的，我只要确定了一个方向就不致迷路，而多走些陌生的冤枉路却正是我想要的。

蓝色清真寺和圣索菲亚大教堂位于赛马场的两侧，赛马场已经成为一个广场，人头攒动，各色的人做着各色的事情，如果愿意静下心去观看也会是件很有趣的事情。我赶着时间要去蓝色清真寺，我要在它关门之前走马观花地游览一遍。蓝色清真寺除了拥有象征着最高等级的六座宣礼塔之外，最值得一看的就是精美的穹顶。我这人一直对艺术没有研究，只是看个热闹罢了。

走出蓝色清真寺，广场边缘有很多摊贩，我被烤玉米的小摊吸引了过去。玉米是我最爱的食物之一，小时候在乡村长大，暑假的时候我的任务就是去屋子后面的池塘喂养自家的鸭鹅。因为农忙时节父母要下田劳作，所以午饭一般都是我自己在附近的田里掰两个玉米，用枯枝起火烤着吃。我走到小摊前面，看到一只烤玉米的价格是三里拉。刚好有人在我之前买了一只，我就再也按捺不住自己了。

我找了一处长椅坐下开始享受着烤玉米。后来我才发现这是当地很流行的一种街头小吃，附近有很多人都拿着这么一只烤玉米。我刚好没有吃午饭，就暂时以此果腹，内心的满足感油然而生。

吃过玉米后，我穿过赛马场便到了圣索菲亚大教堂。这里并不是免费的，排队购票的人也很多，我加入队列当中等候买票参观。

出了圣索菲亚大教堂，转角处就是托普卡比宫，是奥斯曼时代的君王宫殿，又称老皇宫，近 400 年的历任苏丹都居住在这里。我在进口处租了中文讲解器，按照指示图依次游览。皇宫共 4 个庭院，并不奢华，却记录了奥斯曼帝国的兴衰。皇宫中陈列的有中国的瓷器、欧洲的银器、士兵盔甲与武器、历代苏丹画像等，曾经不可一世的奥斯曼帝国就像一条蜿蜒的溪水流淌入历史长河，依旧波澜不惊的是博斯普鲁斯海峡。

傍晚，我走出托普卡比宫。这里马上就要闭馆了，值守的人已经不允许游人再进入了。我在街边的冰激凌店买了一支冰激凌，只是在无意识中被他们传统的挑逗方式戏弄了一下。后来我想起曾经在某个旅行视频中见过这个画面，这样反倒挺好，自己毫无准备地经历过一次，总是印象深刻的。我吃着冰激凌漫无目的地沿着旧城墙走回广场，这里的人似乎少了一些，夕阳与广场上的喷泉相映成趣。我站在一处痴痴地看着，也不知道自己被什么吸引着，脑海中也似乎是一片空白。这种什么也不去想、什么也不去做的状态似乎也是一种幸福。

夕阳就要沉下去了，我晃过神觉得自己该去吃东西了。我在手机的旅行软件上翻找了一下附近的餐厅，最后决定去离我并不远的一家评价居首的本地菜餐厅。我沿着城墙继续走，路边也有一些餐厅已经客满盈门了，我心里担心要去的那家餐厅会不会要排位很久。餐厅在一个小巷子里，我到的时候只有一桌客人在用餐。服务员热情地招待我，我选择了一张室外的桌子坐下。服务员推荐了特色的瓦罐鸡肉给我，只是我自己无法选择两人份，他悄悄地告诉我可以给我一人份，我便欣然同意了。

瓦罐鸡肉是用他们当地的一种陶罐，把鸡肉和蔬菜放在里面，在灶上煮熟。上餐的时候会在瓦罐的外身涂上可燃物，将瓦罐放在大托盘中，点燃可燃物，使火焰包围着瓦罐。就这样端到顾客面前，的确很惹人生趣。火尽了，服务员会将瓦罐的底部敲开，然后将鸡肉倒入餐盘中。只是菜肴并不适合我的口味，我强迫自己吃完了餐盘里的鸡肉和青菜，只吃了一半的烤馕。

吃过晚饭，我准备结账，老板跑过来表示希望我在软件上给他们最好的评价。我不好拒绝，但也终于明白了为什么这家店会在软件上排名第一。直到我离开，这家店依旧没有新的客人来光顾。对于我而言，这并没有什么可哀怨的，至少并没有坑害我。我后来也没有再尝试过瓦罐鸡肉，所以关于菜品的味道我也没有太多比较性的意见。

我在土耳其吃过最美味的一餐是在一家小的烤肉店里。我从海峡游船下来后，在去往加拉太塔的路边的一个烤肉店点了一份烤肉三明治。店面虽小，来往的人却不少，我也是因此才走进店里，没想到这家店的食物却真的给了我惊喜。

夜里的海面依旧平静，透过窗子我远远地看见海边有人在跑步。我试着去找那些停泊的游船，但已经看不见踪影，不知道是不是海峡上的那座桥已经升起来了，或许也不会这么早吧。房间里的安静衬托着整个夜的安静，昏黄的路灯是最好的映衬。

我来了，伊斯坦布尔！

我旅行了很多次，在旅行中也遇见很多像我一样在旅行的人，我在美国遇见过休学旅行的日本大学生，在澳大利亚遇见过打工度假的香港男孩等，只是我一直没找到我意念中那种真正在旅行的人。这次，我在伊斯坦布尔遇见了，就是我说过的那个叫“妖怪”的女生。

在伊斯坦布尔的第二天，傍晚我登上加拉太塔。在这里可以俯瞰全城，观赏日落中的伊斯坦布尔美景。“妖怪”一个人举着笨重的单反相机挤在人群中拍照，看见我的时候便说：“中国人？帮我拍照吧。”我有些惊愕，紧接着她的笑声让我缓过神。我并不是一个开朗的人，所以有些被她突如其来的笑声吓到了。我笑了笑接过她的相机。就这样，我们认识了，并一起走了接下来一天在伊斯坦布尔的行程。

“妖怪”说她是广东人，辞职旅行已经有两年多的时间了。她在国内走了一年多，在国外也有一年左右的时间了。她先到尼泊尔，然后到东南亚，经亚美尼亚、格鲁吉亚到达土耳其，一路搭车而来。我被她简单的几句自我介绍震撼到了，她洋溢出的轻描淡写反而丰富多彩。她拖着我各种拍照，并不断地讥讽我的拍照水平差。我面对她的讥讽很淡然，我的确不喜欢，也不擅长拍照，她也不是第一个说我不会拍照的人。

曾经我和蓓儿自驾班夫国家公园的时候，不知道因为拍照被诟病了多少次，可拍照技术依旧没有长进。我向来以纯文科生自居，对这些器械类的东西向来都是不知如何下手，还好这并不影响我要做的事。我知道自己不是一个完美而纯粹的人，所以反而看得开。随着阅历的增加，我渐渐不再勉强自己去做意愿中不想去做的事，也许有一天我会去学摄影，但那一定是因为我开始喜欢摄影了，仅此而已。

我们等到了日落，整座城在晚霞的映衬下如梦如幻，博斯普鲁斯海峡像一条宝带系在城市的中心。夜灯渐亮，城市在霓虹下像醉了一般，醉得那么清新自然。我突然不想离去，就这样在塔上看着这座城，仿佛看着一位久经风霜却依旧美丽的姑娘。塔顶要关门了，我依依不舍地离去，心里总像是还有什么没有道尽。

“妖怪”依旧和我在一起，她说观景台下面有个餐厅，可以看夜色中的这座城。我很欣喜地邀请她一起去那里吃晚餐。只是我们去得比较晚，靠窗的位置已经没了，我们随便找了个座位坐下了。城市虽然看不到了，但我可以倾听“妖怪”的很多故事，这也是一件难得的事情。

我说她过着我想过的生活，我曾视为珍宝的旅行经历，在她面前不过是一张白纸。在我的羡慕中，她终于说出了她的各种辛酸苦楚。她打工时曾被老板克扣工资、在借宿时被骚扰、没钱时候的各种无助、与房东斗智斗勇等，这些点点滴滴已经让她内心变得强大无比，之所以还在坚持，就是因为这些都比不上旅行中遇见的美好。

她说她在格鲁吉亚徒步的时候遇见一只大狗，这只狗一直跟了她三天，陪着她翻山越岭，最后在一个雨夜大狗自己走了。她为此伤心很久，她曾想在分别的时候为它找一户人家收养。她还曾到过格鲁吉亚的一个乡村，那个乡村里的年轻人都外出工作了，老人们留守在家。虽然语言不通，但老人们希望她能陪着她们坐一会儿。她为老奶奶们照相，她们很不情愿，因为她们害怕看到自己老了的样子。一位老人给她看年轻时候的照片，“妖怪”看后心里五味杂陈。“妖怪”讲述这些的时候也是兴致盎然的，我看得出她对这份经历的骄傲，也的确值得她为之骄傲。

我们下了塔，她要去独立大街。白天的时候我在独立大街走了两个来回，我犹豫了一下还是决定陪她再走一趟，我更多的是想再听一听她的故事。她想买两件简单的衣物，她下一站要经迪拜进非洲了。“妖怪”对附近的路比我要熟悉，她在这已经停留一段时间了。我跟着她走，偶尔进到店里面去寻找她目标中的衣物，但终无所获。

我们住的酒店相距并不远，所以返程我们也是一起的。快到“妖怪”所住的酒店的时候，她提议去吃点夜宵，说是要请我，因为我今天请了她吃晚餐，我没有拒绝。店面就在街边，的确很热闹，很多人都在这里吃夜宵。“妖怪”说这里的意面和比萨都做得不错，我们点了一份意面和一份比萨，最后都没有吃完。“妖怪”将剩饭打包送给街边的流浪汉，这对我来说的确是一件很有新意的事情。我曾经在不同的国度见过很多流浪汉，但从没想过要把剩下的食物打包给他们。

最后依旧是我结账，她也并未反对。我觉得“妖怪”独自旅行并不容易，不管她所说的事情与经历有多少是真的，又有多少是假的，此刻我只选择相信。我这样做并不是因为“妖怪”这个人，只是我不想把经验中的负面思想带到旅行这件美好的事情中来。

“妖怪”说她明天上午要去打疟疾疫苗，为进非洲做准备。她还约我中午一起吃饭，我依旧接受了，我们互道晚安后各自回了酒店。

在伊斯坦布尔的第三天，上午我去了两个博物馆，还去了地下水宫。据说地下水宫曾经是城市的排水枢纽，因为里面有一座倒着的美杜莎石柱所以盛名。水宫中的很多柱子都是几经修复过的，只有一根柱子保持了最原始的模样。美杜莎倒立的头像在昏暗潮湿的水宫里显得有些阴森，我看过就赶紧走开了。

“妖怪”十点多就打完疫苗了，她找了一家餐厅等我。我计划晚上要坐夜巴去塞尔丘克，她也是晚上的飞机飞往迪拜。我并没有赶着去见她，走完了这些景点，我回酒店收拾妥当，退了房才去找她。我们见面的时候已经将近下午 1 点了。

她找的那家餐厅在海峡的另一侧，是一家类似自助大排档式的餐厅，很受当地人欢迎。我找到“妖怪”，她已经在这里坐了 3 个小时。我向她表达了歉意，但并没有过多解释晚到的原因，因为本来我们也没有约定具体的时间。而且从根本上讲，我并不希望因为见她而打乱我旅行的节奏，这也是我选择独自旅行的一个主要原因。在旅行中，我不想受太多外在因素的牵制，我希望给自己足够的选择空间，这对我来说才是最好的享受。

吃过午饭，我们又去了独立大街。她买了一些洗漱用品，但还是没买到她想要的衣物，最终她还是放弃继续挑选衣物，因为她要赶时间去机场。这次道别我没有说太多，我知道“妖怪”有些不舍，但对于我们来说，这只是彼此旅行中的一个交会点，能约定的也只是下一个交会点再见。

我对“妖怪”的定位是一位值得尊敬的旅行者。回国后我们依旧保持一定的联系。我曾告诉她，如果在国外急需用钱，我会在一定限度内给予她支持。她到非洲后向我求助了一次，但却带了一点其他的目的在里面。她和我说了很多，我选择了理智对待，毕竟已经和旅行不再相关。最终，她删除了我的微信好友。但我依旧希望她能够完成她的旅程，一路安好。

去往塞尔丘克的夜巴没有票了，我临时改变行程去棉花堡。坐在我旁边的一位本地人很热心地和我聊天，但由于语言不通，我们更多的是靠手势交流。他告诉我他是退伍军人，现在在城市间倒卖鞋子，他还说很多鞋子都是中国制造的。就这些内容我们用简单的英语和手势比画着沟通了近半个小时，最后他也疲倦了，因为大巴上的人并不多，所以他换坐其他位置安心地睡觉去了。

我只在棉花堡停留了一晚，便去了塞尔丘克。我对那里的以弗所古城有执念，这座古城是罗马时期遗留下来最完整的古城之一。我是在等候去往塞尔丘克的大巴时，遇见了另外一个中国男生，暂且称这个男生为小帮吧。小帮也是广东人，工作了两年攒了些钱，便辞职出来旅行。

不过他计划只旅行半年，在土耳其的旅行是他旅行的第四个月了。因为遇见过“妖怪”，所以再见到这个男生的时候我就没有那么兴奋了。

相对于“妖怪”而言，我觉得小帮的旅行更为真实一些。他个子并不高，很是瘦弱，但背着一个大大的背包。他说包里面有简易的炉具，随时可以供他煮饭。背包的外面挂着一个不锈钢的杯子，这让我更觉得他像是个行军中的士兵。棉花堡到塞尔丘克并没多远，大概 3 个小时的车程。他还没有预订塞尔丘克的酒店，我预订的是一个双床房，便邀请他同住。

他问过我预订的酒店之后，说他没有那么多的预算和我住同样的酒店，他每晚的住宿标准一般不会超过 50 元人民币。我说我并没有打算收他的钱，即使他不去我依旧是一个人住这样的房间，他也就同意了。

塞尔丘克是一个很小的镇子，酒店离车站并不远，下了车我们直接走着去酒店。到酒店时，刚过正午。小帮听他遇见的旅伴说，这个小镇有一家中餐馆还不错，以粤菜为主。我们办好入住之后就直接去这家餐厅了。餐厅是家庭式的，女主人是广东人，男主人是土耳其本地人，他们是在澳大利亚相识并结婚的。他们回到土耳其也没几年，有一个儿子和一个女儿，孩子会讲土耳其语、英语、普通话、粤语 4 种语言。这些都是女主人告诉我的，她笑着说他们的家庭构成有点复杂。

菜是女主人做的，没有我预期的那么好吃，这也是我在土耳其吃的唯一一次中餐。我平时对饮食虽然挑剔，但旅行的时候反而不一样，我对当地的食物接受程度还是较高的。而且由于国外的中餐和国内的口味差异较大，也让我对国外中餐失去了兴趣。

以弗所古城距离城区有 3 公里多，我们吃过午饭便徒步去以弗所古城。路上小帮给我讲了很多他的旅行趣事。他说“妖怪”遇见的大狗他也遇见了，在那一带流浪的高加索犬很多，它们跟着旅行的人希望能获得食物。面对小帮讲述的现实，我觉得“妖怪”和大狗的故事更为温暖。

我们潦草地走完以弗所古城，小帮之前遇见的“驴友”说这里有耐克和星巴克两个商标的原始图形。以此来看，这座古城所孕育的文明远远要超于我的想象，只是不知道我的简单游走是不是一种对它的亵渎，但愿它不会怪罪于我。小帮说他这一路看过了很多古城，大都是古罗马时期遗留下来的。我曾经读过古罗马“五贤帝”之一的马可·奥勒遗留下来的《沉思录》。他是斯多葛哲学学派的代表人物，只从其思想中对自身的要求便可见其圣贤。古罗马的强大似乎是一种必然，只是个人的强大是止不住历史前行的车轮的，但古罗马留下的不仅仅是这一座又一座古城。

第二天我和小帮分开了，他去了伊兹密尔，我去了安塔利亚，我们约好了在伊斯坦布尔的时候再见。我回程的时候帮他带了一些东西回国，巧合的是我在机场遇见了春春，她和小帮也曾在土耳其的一段旅程中相遇，我们都忽然间觉得这世界并不大。

春春是大学老师，她寒暑假的时候总会出去旅行一个月，这让我对教师这个职业更加向往了。在伊斯坦布尔返程的时候，我临时在青年旅社要了一张床铺。下铺是刚从印度过来的一位温州的高中老师，他也是每年都在寒暑假时间旅行。我和春春是在伊斯坦布尔的机场遇见的，我们同一个航班返程，同样要在阿斯塔纳转机。在谈起各自遇见的趣事的时候，我们发现我们都遇见了小帮。春春讲起了他们遇见时的很多趣事，这对于我们来说都是旅行中值得讲述的故事。

在阿斯塔纳转机的时候，我终于有时间进入这座城市。当时恰逢世博会，哈萨克斯坦限期开放了过境免签，我想自己也不会专程来一趟这里，那就顺便去看一下吧。当时是春春帮我看了一天的行李，我买了世博会的纪念品给她，除感谢外我更愿意有些标志性的事情去铭记我在旅行中的每一段经历。

我和春春在夜里到了北京，她请我吃了下飞机的第一顿中餐。我们一起等到清晨 6 点多机场开始安检，其间我们聊了许多话题，还约定找个时间一起出行。因旅行遇见的“驴友”，春春不是第一个，也不会是最后一个，或许这也是旅行中的一部分。

算上我在去的时候遇见的那个去以色列参加艺术节的女孩，我这次旅行遇见了 5 个中国人。他们在我的旅行中呈现了不同的故事，我感谢他们，享受独自旅行中的孤独，也享受与他们的相遇。

对我来说，旅行中的孤独感是一种奢侈品，我会选择一个人背着包去旅行，主要是为了享受孤独。虽然我也经常和“驴友”一起旅行，但我也会去刻意寻找那份孤独感。孤独会让我有更多的时间和空间去面对自己的内心，所以我迷恋并感谢孤独。

我在土耳其旅行中坐了 3 次夜巴，从伊斯坦布尔到棉花堡、从安塔利亚到卡帕多奇亚、从卡帕多奇亚到伊斯坦布尔。除了为了感受在异国乘坐大巴之外，更多的是我喜欢夜色来临时，被一群不相识而且无法言语沟通的人包围在中间的感觉。我用手擎着脸望向车窗外，思绪在夜空中遨游。我不知道自己在想着什么，也不愿记着我在想着什么。我心里空空的，不需要盛装任何东西。若是兴致来了，我就和别人聊两句；若是没有，那就这样吧，谁也不打扰谁。

在我乘坐伊斯坦布尔去往棉花堡的夜巴的时候发生了一件事。午夜时分，我们需要换乘另一辆大巴，但因为语言不通，我又在昏睡之中，整车的人都走掉了，只有我还在沉睡。乘务员跑来叫醒我，比画着告诉我要换乘大巴。我慌乱地收拾好东西跟着乘务员去了另外一辆大巴，结果却忘了背包。换乘的大巴开出了一段路我才记起来，经过和乘务员艰难的沟通，他终于明白了我的意思，但我却不清楚他是否真的理解了我所表达的。

一个略懂英语的土耳其男孩想帮忙却帮不上。看到我焦急的样子，整车的人都在笑。因为他们似乎都明白，乘务员不断地向我比画 OK 的手势，只是我心里依旧不安。还好，开始乘坐的那辆大巴赶上来把我的背包送到了。背包回到我身边的那一刻，我有一种说不出的感受，大概是欣喜和痛苦中夹杂着孤独。当我意识到这种感受的时候，整个人平静了许多，这不也正是我所喜欢的吗?

我对孤独的喜欢似乎有些病态了。我解决孤独的方式不是陪伴，而是读书、写字、徒步、看话剧、听音乐等这些一个人可以完成的事情。一个人旅行的时候，有太多事情需要自己去完成，遇见再多的人也许只是过客。还好，我是喜欢和家人、朋友在一起的。那种不喧闹的陪伴我同样挚爱，只是我对朋友的要求比较苛刻，至今好友并不多，能随时见到的更不多，这或许不该成为我喜欢孤独的借口。

在卡帕多奇亚的两天时间里，我尽情地享受孤独。格雷梅是卡帕多奇亚地区最受游人欢迎的旅游胜地。我到达格雷梅时是清晨6点多，一进镇子里就看到渐渐落下的热气球，而乘坐热气球也是我此行的主要目的之一。我兴奋地望着窗外，急迫地希望大巴能够停下。下了大巴我便在车站旁的旅行社预订了第二天早上的热气球，我还祈祷第二天是个好天气，可以正常飞行。

我预订的是洞穴酒店，我到达酒店的时候老板还没有起床，我便在一处露台的座椅上休息。太阳渐渐升起，整座小镇尽收眼底。远处是林立的“仙人烟囱”，“妖怪”和小帮都曾和我描述过这里。他们说山谷里有很多杏子，甜得很，落了一地都无人拾。过了这些时日，不知道那些杏子还会不会在，虽然不为它们而来，但我着实想去摘一颗尝一下。

办过入住之后，我简单洗漱了一下。吃了早饭后，我就背着包奔向那片石林。这里的徒步路线有两种，我也没有心思再去研究那么多攻略上的细枝末节，索性走到哪儿就是哪儿吧，心想走丢了就爬上山头，找到镇子的方向就不怕了。我就这样朝着那片石林的方向走去。这次旅行没有做任何防晒措施，在明晃晃的太阳下我一个人冲进没有任何遮挡的石林中。

大自然塑造的奇特景观总是让人词穷。一座座耸立的石柱连成片，很多石柱上依旧保留着罗马时期的洞穴。据说那时这里的居民为了避免战乱，躲到这石林中，在石柱的半身处或者石顶处挖造了洞穴。我站在巨大的石柱下，仰望着高高的洞口，琢磨着那时候的人是如何做到的，出入问题又是如何解决的。我不得不感叹，人们为了生存所释放出的潜能。

格雷梅有个露天博物馆，是世界文化遗产之一。在格雷梅不远处的一个镇子里还有一个地下城，有 11 层，4000 多平方米，可容纳上千人，其建设的错综复杂程度和设计的完善程度也许现代人都做不到。无论是生活在石柱上的人，还是地下城的人，他们都因求生欲而释放自己的潜能，而人类的智慧之高深本就是不可想象的。我总计较着这做不到、那不想做，只是因为没到必须要做的那一刻。生命赋予了我们很多潜能，能不能淋漓尽致地发挥出来那就看造化吧。

山谷中看不到任何人，我沿着时有时无的指示牌走着，太阳肆无忌惮地焦烤着我。我举着唯一可以遮阳的地图，享受着一个人的探险。我依旧没有忘记寻觅着传说中的甜杏子，还好，有一棵杏树上有几颗黄了的杏子挂在上面，我欣喜地摘了两颗，直接就吞掉了，果真好甜。

山谷里还有很多葡萄藤，只是葡萄还没有到成熟的季节。我不知道这些葡萄藤是居民种植的，还是曾经遗留下自然生长的，不过此时，有它们的陪伴，我感觉很舒服。而且我和它们交流要简单得多，它们的好与不好都呈现出来了，我不需要去猜测。我轻轻捧起还没成熟的葡萄串，像哄着一个小孩儿，此刻我迫切地希望它们都快点长大，因为葡萄是我最喜欢的水果之一。我放下它们，笑着走开了。

山谷里很多地方都有人生活过的痕迹，有荒废的储水洞穴、破落的木屋。我沿着不知道会到哪里的路线继续走着。我慢慢地爬上一个山坡，看到山脚有两座对着的草木棚。我远远地看到那里摆放着一些售卖的商品，我沿着小路奔过去，走近了却发现没有人，只有一些水果摆在那里。

我看了看觉着无趣就向远处的另一个山谷走去，指示牌上写着“玫瑰谷”。

我沿着路上了更高的山坡，在半山坡处又看见了一个草木棚。草木棚旁边是一个洞穴，里面有一个年轻的男人在听着广播，我走近和他打了招呼。我看到外面堆了好多橙子，这是为做鲜榨橙汁准备的。我问他这是销售的吗？他说是，我便买了一杯。我在草木棚里坐下了，他做好橙汁端给我。我问他是自己住在这里吗？他回答是的。他的英语还不错，看来这里应该经常有游人路过。放下橙汁他转身又回到屋子里面，并无继续和我交谈的意思。我们就这样各不相扰，享受各自的孤独。

我双手托着自己的脸，看着远处的石柱，在想哪根石柱是攻略上所说的“仙人烟囱”。院子里来了两只公鸡，咯咯地叫着，我的兴趣点迅速转移到它们身上。我看着它们在地上啄来啄去，觉得甚是有趣。我在乡村长大，从小和各种家禽打交道，对它们都是有感情的。我喜滋滋地看着那两只公鸡玩了好久，我起身准备离开，它们被我吓得跑到另一处。我付过钱并向那位男人道别，继续前行。

我自己足足地走了一天，傍晚的时候回到酒店后，我跑到最顶的露台看太阳落下，看镇子里的灯火渐渐通明。我像是一个人跳着芭蕾，向着落下的太阳旋转，舞动在昏黄的灯光之中。隔壁房子的阳台上有几个孩子在玩耍，他们嬉嬉闹闹地不知道在说着什么，却让我很享受这种氛围。他们并没有留意到我的存在，这是最好的。我只想别人是我的风景，却不想成为别人的风景。夜空里的星星已经闪现了很多，我才嗒嗒地走回房间。我默默地祈祷，明早会有个好天气，能让我如愿坐上热气球。

我起得很早，天空中还有星星，我便赶去乘热气球的集合点。有好多人，这里还准备了茶点，我拿了一点坐在门外的高脚桌旁慢慢地吃着。过了一会儿，这里的人更多了，我独自占有的小桌凑过来一家三口，显得格外拥挤。他们也是中国人，男孩高考刚结束，父母带着他一起出来旅行。那位母亲格外强势，讲了许多关于孩子学习与教育的事情。我笑着听着，时不时地去看那个男孩的表情，他羞涩中带着些许无奈。

我一路求学，父母从未过多地干预过。高中时文理科的选择和高考志愿填报，完全是根据我自己的意愿。我一直很独立，人生的重大决策都是我自己完成。虽然我会和父母沟通，但他们从来不去干预，所以我也从没有过多地去挣扎着摆脱父母的掌控，这也是一种幸运吧。

因为风大，热气球起飞时间延后了一些。我登上热气球的时候，太阳已经露出了半张笑脸，近百个热气球悬浮在半空中，错落有致。热气球的下方就是我昨天徒步的石柱森林，俯瞰的时候我也有一些成就感。我仔细地去看哪里是我昨天曾经走过的，即使寻不到，也是一种乐趣。我喜欢挑战高空运动是因为我恐高，我曾经在芭堤雅试过海上降落伞、在博卡拉挑战高空滑翔伞，我还想着去尝试一次蹦极。其实很多事情并没有我想象中那么艰难，虽然我在博卡拉挑战滑翔伞后，面色如纸地瘫坐在地上半个小时才缓过来，但我终究是做到了。

我在空中飞行了大概 1 个小时，落在了另一处的山顶上，这次并没有什么恐惧感。热气球公司准备了庆祝仪式，并给每一个人颁发一个证书。我对此无趣，只是一直看着远处一个又一个落下的热气球。工作人员将落下的热气球整理后塞到一个巨大的口袋里，让人无法分辨出那是什么。落下的热气球就像一个鲜活的生命落幕了一样，但还好，明早，它依旧会乘风而起。我不想去思考生命的长短，我只愿能在有限的时间里去做更多不同的事，待年迈之时，坐在角落里，心中有所想，笔下有所写，也许这样就足够了。

在卡帕多奇亚的两天里，我似乎什么人都没有遇见一样，就连热气球的乘筐里挤满了人，也似乎也只有自己一个人。这样的感觉很好，有足够的时间与自己独处。我报名了一日游去了地下城，傍晚回来后，我便坐了夜巴返程伊斯坦布尔。这时我已经习惯了坐夜巴，并且很享受。大巴驶出格雷梅，驶出卡帕多奇亚地区，我向它们告别，告别一段孤独的日子，告别一个人的土耳其之行。我说过我喜欢的地方一定会再来的，这里，我应该会再来，依旧一个人。

二、圣彼得堡的一夜

天色刚晚，远处天际还有着一丝朦胧的光亮。涅瓦大街两侧的路灯依次亮起，灯光下的人流络绎不绝，有行色匆匆赶着去公交站或者地铁站的上班族，也有神情自若的闲散游人。涅瓦大街是圣彼得堡的核心商业地带，是这座城市的一种见证。街两边除了各大商场，还有喀山教堂、滴血教堂等景观。路的尽头便是冬宫广场和海军总部大楼，所以这里也是旅行者必经之处。

眼下圣彼得堡已是深秋季节，白天下过的雨水仍旧浸润着路面，散发着丝丝凉意。喧嚣而过的行人难以掩饰这里的萧条，就像这黑暗中依旧阴郁的天气一样。偶尔刮起一阵风，让人倍觉寒冷，我不禁裹紧衣服，却无心舒展紧蹙着的眉头。我虽然早已适应了寒冬，但每一次寒冬来临之时，我仍旧无法坦然面对。我内心的七上八下让我坐立不安，这冬天什么时候结束是有日期的，也是没有日期的。

街两侧商场的广告牌上偶有几行中文，写着促销的内容，也会有几家店铺的人站出来吆喝着，看见中国人经过时不时地说出几个中文字词。

我们被裹挟在人群中，说说笑笑，并没有过多留意周围的人群。我手里提着在超市买的啤酒和食物，打算回到酒店以一醉方休的方式结束我们在圣彼得堡的最后一夜，也是在俄罗斯的最后一晚。我们的酒店就在涅瓦大街上，这两天我们已经在这条大街上来来回回走了很多遍，现在对眼下的街景也提不起兴趣了，我更想早点回到酒店开始我们的畅饮。

偶尔会有站在路边的酒吧推销人员试着拦住我们两位男生，她们的眼神并不温暖，也并不会讲中文，叽里咕噜地讲着俄文急着表达什么。我们知道她们是在说酒吧有表演，想让我们去看。这不是我们第一次遇见这种情况了，每当夜色已至的时候，她们就会出现。我们装作听不懂，匆匆绕开继续前行。

到了酒店，我让他们先上去，我想去前面的肯德基买些炸鸡回来。初到圣彼得堡那天已是夜里，在酒店安顿好之后，我有些饿，便在这家肯德基吃了炸鸡。或许是因为太饿的缘故，我对于这家店的炸鸡的味道一直念念不忘，所以我也想在最后一晚与炸鸡告个别。

我回到酒店的时候，他们已经在酒店的公共休息区将酒食摆好了。公共休息区也是酒店的早餐厅，恰好这时除了我们外，也没有其他人在这里，这让我们少了很多顾忌。我放下炸鸡，回房间换了一身舒适的衣服，我再回到这里时，他们已经开始小酌了。

这次俄罗斯之行，我们一共四人。四人组合是以我为中心的。安安是我的研究生同学，我们曾一起去过尼泊尔和欧洲。小白是我名义上的同事，虽然我们并不共事，这是他第一次国外出行。他本来计划跟着我自驾去加拿大班夫国家公园的，后因为签证未过，那次自驾之行他便未能同去，这次便跟着我来了这里。二姐是我朋友的朋友，我们也刚认识不久。她听说我要来这里，便想跟着一起，我也没有拒绝。

一路下来，大家性格各异，但总算相处融洽。二姐的性格最为开朗，在她的带动下，我们一路欢乐无限。安安比我们大一些，她是做管理培训的，因此她很善于观察，很容易读懂其他人的想法，像是我们旅行中的心灵导师。小白是第一次出国，有点傻乎乎的，也有些无知者无畏的感觉。我们开玩笑地说就喜欢他这没见过世面的样子。而我就是这次旅行的组织者和向导，我要操心各种琐事，更像是个管家。

因为公共休息区没有人，所以我们都没有太多顾忌。随着几杯酒下肚，大家的话匣子也便敞开了。几天下来彼此的陌生感和拘谨在这一刻消失殆尽，我们开始回忆这几天的行程。

我们四人在北京会合，小白错过了来北京的火车，他又坐了另一趟需要转乘的火车，还好最终没有错过飞机。我们在阿拉木图转机到莫斯科，在中转机场等了十几个小时。而期间我们并没有闲着，我们遇见了去莫斯科读书的海洋、带着爱人旅行的老人、从土耳其回新疆的维吾尔族阿婆。我们和他们分享了彼此的食物，聊着山南海北的话题，最后我们还拍了一张大合影。

海洋和我们一起到莫斯科，后来他还陪着我们逛了一天女皇村庄园。他特意带了干面包，喂食庄园里的鸽子和麻雀。我们在这里还遇见采蘑菇的老夫妇、用黄色叶子编成帽子的母女。海洋承担了翻译的角色，那是我们在俄罗斯仅有的一次无障碍和当地人交流。我们和采蘑菇的老夫妇聊这些蘑菇如何食用，和编帽子的母女学习如何将叶子编成美丽的帽子，还一起拿着做好的帽子合照。那一天，我们玩得不亦乐乎。我们和海洋分开的时候，他送我们当地的巧克力作为礼物。我和海洋虽不经常问候，但一直保持着联系。

此行我只安排了莫斯科和圣彼得堡两处旅行地，在一个城市待三四天。想用三四天的时间去深度体味一个城市有些困难，但浅知还是足够的。我们初到莫斯科的时候，天气特别冷，比我们预想的要冷很多。我们走着去看了红场、克里姆林宫、圣母帡幪大教堂等景点，我们在特维尔大街两侧的各种店铺中进进出出，在当地特色餐厅里面享受美食、和大厨合影。我们在高尔基公园里徒步，还参加了当地人举办的活动和舞会。

我们还一站接着一站地去看那些经典的地铁站。熟悉了当地交通后，我们还去了莫斯科大学。我对校园和读书时光总有着念念不忘的情怀，我总希望可以再次走进校园，坐在教室里，过着只读书和谈恋爱的生活。莫斯科大学的主楼是莫斯科规模最大的斯大林式建筑，它的顶端是五角星徽标，远远地便能望见。当我伫立在它脚下时，我被它浓厚的学术味道和它的气宇轩昂所折服。

我坐在它前面的花坛边上，扬起落了一地的叶子，像是雄性动物想要表达对雌性动物的爱慕与向往而故意要做点什么那样。离开莫斯科大学的时候，我心里有着一丝忧郁。莫斯科这座城市足够巨大，我却在没有任何约定的情况下两次遇见了之前相识的“驴友”。我们第一次偶遇是在地铁站，第二次是在一家瓷器店，我们的偶遇被大家嬉闹说是我们约好的。

我一边喝着酒，一边在脑海里过电影般地回想这些天经历的事。其实，我们在旅行中彼此也有一些磕磕碰碰，但庆幸的是我们都进退有度。结伴旅行中最难得就是这份理解，这也是我们在旅行结束前还能坐在一起喝酒畅聊的主要原因了。想到这里，我微微一笑。

我们从莫斯科坐高铁到圣彼得堡，这是我精心设计的一条线路。但因为我们没有提前预订，所以普通座位票买不到了，只能买贵宾座席，这也阴差阳错地给我们带来不一样的体验。车上提供了各式的餐食和酒水，并不限量，各色酒水我们都尝试了一下。我们一路上喝着酒聊了很多，那时候我们就说，临走前要买些酒一醉方休。而用这种方式结束旅行，也是我的第一次。

我不擅长喝酒，还有些酒精过敏。我一般在能不沾酒的情况下绝不沾酒，但今晚的确是气氛烘托得到位，我不喝点酒好像说不过去。安安说，这一路我最辛苦了，带着大家四处走，研究攻略，设计路线，负责大家的吃、住、行。我听了安安的话后，感觉到很温暖。我本就是愿意操心的人，在旅行里很多事若不是自己亲为，我也会有很多的担心。而且这本身也是经历，索性就全包揽了，何况这次每一个人都是因我而来。

酒过三巡，我们兴致更浓了，开始哼唱起歌来，最应景的就是俄罗斯歌曲《莫斯科郊外的晚上》和《三套车》。在父母的感染下，我自小就喜欢唱歌，虽然唱得不好，但我对民族和美声唱法略懂一点。兴致来了，我起身而唱，我的声音回荡在酒店里，最后我担心吵到其他人，大笑着作罢。

圣彼得堡是个让人难忘的城市。圣彼得堡的教堂和宫殿比莫斯科还要多，我最喜欢的是滴血教堂。不知道为什么这座教堂会有这么凄惨的名字，但绚丽多彩的教堂并没有让人感觉到凄凉。看见它的时候，我凝思了很久，我没有刻意地去查有关于它的历史，有时候凭着自己的意念随便去遐想也是一种乐趣。

我们走马观花地游览完了攻略上的各处景点，我们来没来过对于它们来说没有任何意义，对于我们自身而言，更大的意义就是留给我们一些独特的记忆。我们还特意选择了俄语一日游团去位于普希金城的叶卡捷琳娜宫，著名诗人普希金曾在这里生活。

一路上胖胖的女导游不停地讲着什么，逗得满车的人哈哈大笑，我们和另外一对日本夫妇就像“鸭子听雷”般跟着傻笑。在这种气氛渲染下，快乐也是会传染的。巴洛克风格的叶卡捷琳娜宫的奢华令人咂舌，用“金碧辉煌”来形容也不为过，其中最负盛名的是黄金大厅和琥珀屋。

琥珀屋有一小处不显眼的地方是假的琥珀，叶卡捷琳娜二世年迈时眼睛已经看不清，当时国库空虚，实在无法支撑宫殿装饰的巨大开销。而她向来独断专横，工匠们为了避免砍头只能用这种办法来完成琥珀屋的建设了。皇宫的花园大而精致，深秋的层林尽染让整个园林更为壮美。一潭湖水中游弋着各种水鸟，我坐在台阶上静静地看着它们，内心随之舒缓，皇宫的奢华给我的浮躁感也渐渐散去。不远处，有人在清扫落叶，黄黄的叶子在地上堆了厚厚的一层，我倒情愿它们不被扫走。一阵风吹来，它们随风到各处，这应该才是它们的归宿。

我热爱秋天，秋天的空气里都凝结着果实成熟的味道，让人沉醉。我不知道传奇的叶卡捷琳娜二世垂暮之时面对此情此景会不会动容，但她征伐一生，莫大的疆土能够让她栖身的不过一隅。我也不定义她是否幸福，每个人的存在都有着不同的意义，也有着自己独特的喜好。就像我喜欢旅行一样，我知道总有一天我会停下脚步，宿在一隅，但现在却依旧在坚持游走。

我喝得微醉，在吵闹中渐渐失去了兴致，便起身回房间了。他们三人略有诧异，但我也并未向他们解释太多，我只是“兴起则来，兴尽则返”。此时已过午夜，我简单收拾了一下便躺下休息。我和小白同住一间，我留了灯给他。我用被子蒙着头，一直处于半睡半醒之间。我脑海里依旧活跃着各种事情，我却也不知道是什么。

在我这年纪的人似乎很难做到出世，因为心里总有放不下的东西。我时常想走完一段旅程就放下某些事、某些人，只是在旅程结束的时候，却还是放不下。即便放下了，却又起了新念。那套“入世、出世、再入世”的理论，我始终不知道我处在哪种境界。或许在顿悟的那一刻，我便能够全部了然。我就是这样，做不出惊天地泣鬼神的事，却染了一身伤春悲秋的陋习，总是让自己沉浸在各种伤感、苦楚之中，不愿抽身。

睡梦恍惚之中，我听到敲门的声音。我缓过神，起身去开门。敲门的人是二姐，她问我小白在吗，我回头看了看另外一张床，依旧空着。二姐有些慌了，语言有些凌乱。她说她和小白要去外面街上的夜店，但是夜店不让女生进，小白便把她送了回来。但小白不知道去哪儿了，手机也不知道在哪儿。我听过也有些蒙，不知道发生了什么，二姐又急切地说“我去找找看吧”。

看见她转身走了，我一头雾水。回到床上我清醒了很多，忽然想明白了二姐在说什么。小白可能一个人去了涅瓦大街街边的夜店，我不禁生出冷汗。没过多久，又有敲门声，我赶紧去开门，依旧是二姐。她说她去找了小白一圈，但没找到，他应该是去夜店了，但她不能进，她已经尽力了，也不知道该怎么办了。我让二姐回房间休息，自己却再也睡不着了。

房间的灯依旧亮着，我心里七上八下，脑子里浮想联翩。身处异国，安全风险往往不能完全避免。这时，以往经历的、遇见的、听说的各种危险画面一一呈现在我眼前。我变得格外紧张，心里也不断地期盼小白早点安全回来，生怕在这里的最后一天出现任何一点差错。但是，不可控制地，我也设想了最坏的结果。

那一刻，我似乎要窒息了。我内心无比痛恨小白，并狠狠地警告自己从此再不要带小白这样无知者无畏的人出来。我是学法学的，清晰地知道小白一旦有了危险，对于我来说意味着什么。也曾有长者在一起旅行的时候提醒过我，同行的“驴友”如果出现危险事件，旅行的组织者可能要承担的后果。

我在美国西部自驾的时候，曾在拱门国家公园救援过一个失足掉下崖的中国游人。幸好，他只是受了重伤，美国直接启用了直升飞机进行了救援。他只有一个女生“驴友”同行，就是我在莫斯科两次遇见的那个女孩。我和“驴友”连夜开车将她送到医院，他们的行程刚开始，却也结束了。不过还好，结束的只是一段旅行。

想到这里，各种危险画面充斥着我的脑子，我想清空这些画面去睡觉，但像是被施了魔咒，如何也摆脱不得。时间行走得很慢，我时不时睁开眼看一下枕边手机上的时间，门外稍微有一点声响我都会屏住呼吸静静地听着，希望是小白回来了。

我就这么熬着，一直都无法平复自己的心情。到了早上 5 点，小白依旧没有回来，我已经无法继续躺在床上了。我披上了衣服，打算在酒店里四处去看一看，暗自希望他是喝多了睡在了某个地方。我裹着衣服，双臂抱着自己。我先到公共休息区，那里有很多沙发，也许他会躺在那里。我抱着希望走过去，满满的都是期待，可除了我们留下的狼藉，再没有什么了。我有些不甘心，一个沙发、一个沙发地看，可终究什么都没有。

公共休息区对面的厨房里，厨师已经在准备早餐了。我想向他求助，却又不知道该如何开口。俄罗斯人很少会说英语，我又不会讲俄语，只靠比画是解决不了问题的。我呆呆地看着他，他并没有注意到我的存在，自顾自地忙着。我又去公用卫生间、楼道各处去找，依旧没有任何蛛丝马迹，我只好作罢。

回到房间里，我脱下了衣服坐在床角。我觉得心里空空的，不知道该想什么，更不知道该做什么，唯一能做的是恨自己。我看了一下时间，还不到 5 点半。我拨开窗帘望出去，依旧是一片漆黑，几盏昏黄的路灯已经照不亮我的内心。我努力让自己冷静下来，又回到床上躺下，心里想着如果 6 点小白依旧没有回来，我就得出去找他了，不管能不能找到，总要去试一下。

我一边听着门外的动静，一边默数着时间。突然听到脚步声，我猛地坐起来，直直地盯着门，仿佛那里会走进来一个救星，结果那个人却是去隔壁房间的。在确认后，我抓着被子倒下，有些气急败坏，泪水也在眼里打着转。我真希望自己可以放任不管，呼呼地睡上一觉。我攥着拳头，直直地躺在那里，一动都不想动。

上天并不眷顾我，6点的时候我依旧没有等到开门声。一夜的殚精竭虑和基本未眠已经让我十分虚弱，我坚持着坐起来，打算先冲个澡，让自己能够精神些，也再给自己一点时间希望能盼到那个开门声。我把水的温度调高，不让自己觉得那么冷。冲完澡，我穿好衣服，在出酒店前，我在我们旅行的群里给安安和二姐发了消息，告诉了她们我出去找小白，如果她们发现联系不到我，就要立即报警。

这倒不是我过度紧张，因为我实在想不出还有什么样的夜店此刻依旧没有打烊，我心里的最后一道防线也面临着崩溃，但我时刻提醒着自己不能倒下。我穿着羽绒服，手插在口袋里，握着我唯一能找到防身的瑞士军刀，但它的作用也仅仅是给我壮个胆。

我离开酒店前，又检查了一遍公共休息区、楼道、卫生间等地方。这时，我们留在公共休息区的东西已被清理干净，一部分早餐已经摆在了餐桌上，厨房里的厨师依旧在忙活着。我终于鼓足勇气推开酒店的门走了出去，我站在门口判断该往哪个方向走。天边露出一点鱼肚白，路灯依旧亮着，没有什么行人，只有赶着上早班的人在匆匆地走着，也或许他们是刚下了晚班。

我四下望着，晚上在路边拉客的夜店的人也没有了踪影。我想要是她们还在，至少我可以拿着小白的照片去问问她们是否见过。我随便找了个方向前行，仔细地去看路边门店的招牌，努力地去分辨哪些门店可能是夜店。我走过了几条街，看过了一个又一个相似的门店，但都不是夜店。我也没有忘记去看各个街角，在我的预判里，在街头的某个角落里找到他也是一种可能。

我沿着大街走了好远，我突然回忆起二姐晚上找我时说的几句话。我根据她第一次敲门和第二次敲门的时间来判断，小白去的夜店应该距离我们的酒店并不远。我又赶紧返回酒店附近，开始更仔细的排查。终于，我发现了一个不明显的夜店标志。原来这种夜店并不在街边，都深藏在巷子里。

我沿着指示牌走进很像居民区的地方，却又找不到了踪影。我围着几个建筑绕来绕去，终于看见一道紧闭着的铁门，上面贴着禁止携带刀具、枪支的标志。我心里一紧，在口袋里握着小刀的手已经有些潮湿了，我抽出手来在身上擦干，赶紧又放回口袋里把小刀死死地攥着。

我开始围着这个建筑仔细观察，希望能看到里面的情况。只是建筑周围封闭得严丝合缝，透不出一点光亮，里面也似乎没有一点声音。我更加紧张了，却依然找不到任何突破点。我几次绕回那个铁门，希望有人开门出来，却也害怕有人开门出来。我绞尽脑汁地想自己该怎么办，但建筑里还是无声无息的。已是 7 点多了，我终于熬不住了，便放弃了寻找，打算回酒店了。

安安醒来的时候看到了我的留言，问我在哪里、有什么进展。我故作镇定地回复了几句以示我在线。但其实我也很迷茫，没有一点头绪。

回到酒店已经是 8 点多了，阳光直直地洒进窗子，我有些筋疲力尽，倒在床上一动也不想动。这个时间小白还没回来，我也想不出什么办法了，只能等。我勉强挪动了身体，用被子蒙上了眼睛，整个人仿佛没有了知觉一样。我的眼睛里似乎是一片星空，我一个人在空旷的田野中，面对着群星。我想对它们大声嘶吼，嗓子却被莫名的东西堵压着，仿佛有双手紧紧地勒着我。泪水在那一刻夺眶而出，我终于让自己透出一口气来。

我睁开眼睛，用被角擦干泪水，深深地呼出了一口气，感觉轻松了一点。我蹬掉了鞋子，打算好好地休息一会儿，不再去想这些了，听天由命吧。我把整个人埋进被子里，均匀地呼吸着。我努力调整自己的状态，强迫自己不要去想任何事，渐渐地，我进入了浅睡眠状态。

混沌中我听见了开门声，我条件反射一样弹坐起来，终于见到小白开门进来。他一脸的倦容，我看着他强压着怒火，问了一句没事吧，他似乎只嗯了一声。我也不再理会他，倒下继续把自己蒙起来。我身体在颤抖，双手用力地抓着被子，牙齿紧紧地咬着。小白进了卫生间。没多久他在群里用英文回了几句，大致是说他喝多了睡在了路边，很抱歉让大家担心了。

看着消息，我鄙视地笑了，却也已经不屑于和他争辩什么了。小白从卫生间出来便倒头大睡，安安她们也并没有回复任何消息。过了不久，安安叫我一起去吃早饭，我也不愿意看到小白的样子，便简单整理了一下去了餐厅吃早饭。我在餐厅找了个角落坐下，什么胃口都没有，只倒了一杯黑咖啡，没有加糖，也没有加奶。

我默默地喝着，很享受那种苦涩。咖啡的味道刺激着我的口腔、我的喉咙、我的胃，却让我的内心很享受。安安和二姐来到餐厅看到了我，她们一边吃着早饭，一边故意找些话题和我聊，我却没有一点兴致。安安问起小白怎么样，我懒懒地描述了几句。她们看出我内心的苦闷，也试着开导我。其实对于这些我想得明白，只是那一刻自己还走不出来。这漫长的一晚，我似乎用了一个世纪来度过。我内心的症结已经不是某个人、某件事，而是这一晚无尽痛苦的延续。

中午 11 点前需要退房，我一直等到 10 点半才从早餐厅走回房间，因为我实在厌恶小白那张安然熟睡的脸。我收拾好行李，小白依旧没有醒来的意思，无奈，我只好叫他起床。他醒来后，我便拖着行李去了酒店前台，在那里等着他们。办好退房手续，我们把行李寄存在了酒店。

出了酒店，他们商议着要去吃午饭，就近找了一家餐厅。坐下之后，他们都尽量装作若无其事的样子，但我却依旧郁郁寡欢，气氛很是尴尬。小白起身去卫生间的时候，我和安安、二姐说我吃不下，想出去走走，傍晚六点在酒店集合出发去机场。我塞上耳机，一个人走在大街上，却不知道该去哪儿。我索性跟着人流进了一家商场，商场在搞促销，来此购物的人还不少。我漫无目的地四处闲逛，一层楼、一层楼地走，一家店、一家店地看，我这样更多的只是想让自己分心，不再聚焦在令我烦恼的事情上。

我在四楼的一家甜品店买了一支冰激凌，一边吃着一边走着。我喜欢吃甜食，因为甜食通过味觉的刺激会让人感到幸福，提升人的兴奋感。我是一个习惯忧郁的人，或许此刻我的郁郁不欢与小白已经没什么关系了，只是我在享受这种状态。我在这种情绪的收放之间没有做太多的拿捏，就像深秋圣彼得堡的天气，冷暖随意，而此刻刚好阳光明媚。

我走出商场回到涅瓦大街上，想再去看看滴血教堂。时间还早，我没有走得太快，我想在离别前再好好体味一下这座城市、这条街。人流如织，操着怪异口音的商店小贩依旧用中国话吆喝着。阳光洒落在每一个人身上，此时的这一切都只是我眼中的风景，而我却不在其中。

滴血教堂旁边是一座花园，我并不知道花园的名字。我绕着教堂走了一圈，之后走进了花园。花园的角落里有几个秋千，正对着教堂的方向。我走过去在秋千上坐下，仰着头一直看着教堂和蓝天。我轻轻地荡着秋千，教堂的绚丽多彩的圆顶也随着晃动，我似乎找到了乐趣。

我仔细去看教堂每一个圆顶的不同色彩、不同造型，我猜想关于教堂应该有一段可歌可泣的故事吧。我想象着一位身着白衣的圣徒，为了捍卫教义被人杀害，鲜血一滴一滴地渗入教堂的土地里，与这教堂融成一体。这又忽然让我想起了杜鹃啼血，我不禁有些失落，如果所有的美好事物中没有这些伤感的经历该有多好。

我被心里的各种胡思乱想惊醒，我低下头，不再敢看教堂。我四处张望，故意躲闪着教堂，像做了错事的孩子怕被父母发现一样。这座花园并不小，远远地望不到边，我起身准备去四处看看。此时已经过了午时阳光最灿烂的时候，有些冷了。我裹紧衣服，走在园子里。

不远处有两个年轻的妇人带着孩子在玩耍，她们自顾自地聊天，孩子们在那一小块区域里跑着嬉戏，偶尔她们会看一看孩子们在干什么。这让我觉得很惬意，也让我想起曾在洛杉矶附近的帕萨迪纳小城，也是深秋时一个阳光绚丽的午后，在城市中间的一块草坪上，一位母亲带着两个孩子在玩耍。母亲在一处坐着，大一点的孩子在滑梯上玩耍，小一点的孩子在地上爬来爬去，玩得不亦乐乎。那里也有一处秋千，我就坐在秋千上看着她们。这种场景总会让我觉得温暖，我也总会不经意地笑出来，也许这就是我向往的生活吧。

太阳渐渐沉下去了，公园里树木成荫，透不到阳光，让我觉得更冷了。我沿着小路走出公园，站在公园的门口看看教堂、看看身后的园子，我笑着走开了。我在涅瓦大街找了一间咖啡厅，点了一杯黑咖啡和一块芝士蛋糕。我坐在一个靠窗的位置，可以看到街对面的喀山教堂。街上人来人往，很是热闹。虽然我几次走过这条街了，但真的是第一次这样坐下来看着它，我也庆幸在我离开之前找到了这样的机会。

咖啡馆里暖融融的，我双手捧着咖啡杯，时不时地喝上一小口。我开始思考着这次俄罗斯之行要不要总结些什么，回去应该怎么下笔去记述这段旅行，却发现没有什么头绪。后来我决定顺其自然，等到什么时候我把这段经历感悟得透彻了，就自然能够写得出来了。

事实也是如此，我知道这些事足够我去下笔写一些东西，但迟迟没有去写。时至今日落笔，已经过去一年多了，我终于换了一种心态和记述的手法来写下这段经历。

我喝完一杯咖啡，又点了一杯。那天我就是喜欢那种味道，那天之前与之后我都不曾喝过那么多咖啡。我最爱的饮品是白开水和牛奶，咖啡只是偶尔才喝的，实在谈不上喜欢。安安发来消息问我在哪里，她已经回到了酒店，在公共休息区那里。时间并不早了，我也该回去了。我买了一只比萨作为我们几人的晚餐。我到酒店的时候，太阳已经落下去了。直到我和安安、二姐吃完东西，小白还没有回来，我们留了两块比萨给他。

6点前小白回来了，和一个女孩，是我们前两天在逛商场时遇见的一个导购员。她是一位中国留学生，正值中国十一假期，商场招募了很多中国留学生做导购员。那天她见到小白的时候就直接表达了爱慕之心，我们当时觉得不过是短暂的玩笑。现在他们一起出现在我们面前，看来这并不是简单的玩笑了。

因为小白并没有事先告知我们会有一个女孩和他一起回来，我和安安、二姐都略显尴尬。简单地打过招呼之后，我们在酒店的大堂坐了一会儿，但是没有什么交流。我们准备出发去机场了，女孩帮我们叫了出租车，并帮助我们向司机讲明了目的地和价钱。她和小白分别的时候，眼神里流露出了太多的不舍。出租车缓缓前行，留下了孤寂的女孩站在夜色中的涅瓦大街上。我也是时候和这座城市说再见了。旅行就是这样，不管好的坏的都是一种经历，我会照单全收。

一路上我和小白都没有再说话。我们回程依旧需要转机，是在阿斯塔纳。到达阿斯塔纳的时间是清晨5点多，中间需要停留近10个小时。我们到了之后，便在候机厅的椅子上倒头大睡。其实我真的累了。

阿斯塔纳的机场很小，我睡醒之后也无处可以走动。我塞着耳机站在玻璃墙边，望向机场的外面，但四处空旷得很，看不到什么建筑。也是在那个时候，我产生要来这里游览一番的想法。中亚一直不是旅行热门之地，但两次这样的经历却让我对这里有些好奇。我好奇这里的人会是什么样子，这里的城市是什么样子。所以，在后来的土耳其之行的时候，我最终走进了这座城市。

我一直躲着小白，不想和他说话。他带着女孩出现在我们面前时若无其事的样子，增加了我对他的厌恶感。如果一切正常，我觉得他们是一段美好的相遇和缘分。只是在发生了这些事情后，我有点无法接受他对这件事和我个人感受的忽视，而此时小白也感受到了我对他的冷漠。

我一度想着结束了这段旅行，以后彼此做个陌路人就好了，没必要去纠结太多。然而，小白在安安和二姐去卫生间的时候，凑到我面前说了句“别生气了”。我却瞬间失控了，眼泪簌簌地顺着脸颊流下，内心积压的辛酸与苦楚还是像断了线的珠子一样，噼里啪啦地从嘴里涌出来。小白闷着头不说话。安安和二姐回来之后见了这情景，没再走近。我停止了对小白的宣泄，独自走开了。我还是不能瞬间放下这件事，落在一旁的小白有些束手无策。

旅行就是这样，不会都是美好的，但这种不美好也是一种美好，至少经历了。如果不用我们个人的喜怒哀乐去看待一段经历，就不存在所谓的美好与不美好。对于我和小白而言，多年之后再想起这件事也不过是一段回忆罢了。无论我们有没有再联系，还是不是朋友，都不重要了。圣彼得堡这一夜至少赋予了我这次俄罗斯旅行以色彩，假设我的每一次旅行是一枝花，这一夜注定是花丛中较为惹眼的那一枝，没什么不好。

回到北京后，我们先将小白送至北京西站，我和二姐要去北京南站。小白下车的时候，我也下去帮他拿行李。小白呆呆地看着我，眼中一直在闪动着什么，他忍不住给了我一个拥抱。那一刻我内心释然了，原谅了他。

有些人适合做朋友，不适合做“驴友”；有些人适合做“驴友”，却不适合做朋友。何必强求，遇见了就会有一种角色的定位，顺其自然吧。有时候，时间会给我们一个更好的安排。夜，并不是一直都在。

三、陪着你成长

2018 年暑假，我带着外甥到英国旅行，算不上严格意义上的游学，但主要目的也是带着他去看看牛津、剑桥这些名校。我和外甥颇有缘分。2004 年姐姐送我到天津读大学，回去之后发现她怀孕了。

2005 年 4 月底，外甥出生了，当时刚好是五一假期。姐姐那时候生活在阿尔山，这是位于内蒙古东北深处的一座小城。我从天津各种辗转到阿尔山，只为看他。小小的他被我抱在臂弯的时候，我内心有一种道不尽的欢喜与爱意，恨不得摘下天上的星星为他照亮前程。

我给外甥起了个小名叫小米，因为他生肖属鸡。小米出生后，我父母为了方便照顾姐姐他们，就和他们生活在一起。我虽然因为读书和工作常年在外奔波，但闲暇的时候总盼着回家，和小米玩在一起，我更想和他做朋友。2010 年年底，父母和姐姐他们迁回山东，我回家方便了许多。小米开始上小学了，每次回去他和我都玩不够，晚上也要跟着我睡。他小学四年级的时候我把他转学到济南，跟着我一起生活近一年，直至姐姐他们也都搬至济南。对于小米，我视如己出，关爱着他每一步的成长。

我们去英国的时候，是小米初一的暑假。他读小学的时候，我也总想带他出去，无奈他少不更事，总喊着旅行会累。我只有用他爱吃的东西才能吸引他出去，他只去过几个东南亚国家，原因就是他爱喝鲜椰汁。若是旅行地远了，他就会嫌坐飞机累，或者说要倒时差他受不了。

我不喜欢强求他做这些事，便也由着他。小学升初中的暑假空当，我本想给他报个去美国或是英国的游学团，他还是有些犹豫不决，最后也是不了了之。这次暑假前期，我随口问他想去哪里，他说想去英国。这让我有点喜出望外，也因此有了这次由我带队的“英国游学团”。我还带上了两个朋友，她们各自带着孩子，不过都是刚上小学不久。这次旅行带的三个孩子都是男孩子，他们玩在一处也不会觉得无聊。

英国这次旅行本来就不是为了游山玩水，只是想让孩子们去看一看外面的世界，让他们体验一些不同的东西，希望对他们的成长有一些潜移默化的影响，如果能在他们心中留下一颗美好的种子就更好了。我常常告诉小米，我对他的期望不是所谓的功成名就，只是希望他能够清楚自己内心深处最想要什么，并能沿着这条路坚持走下去。哪怕他在乡间牧羊，只要他觉得这是他想要的幸福，我都是认可的。

教育不能成为一把世俗的枷锁，捆绑着家长勒着孩子负重前行。我常对姐姐和朋友说，父母给孩子最大的财富应该是一个适合他的三观和能够让他试错的机会。很多哲学学者都在试着讨论人生的意义何在，然而大多数学者最终总结下来的都是幸福或者快乐之类的话语，所要表达的内容其实相差无几。也有很多哲学学者试着去定义幸福，然而却众说纷纭。

其实这些学说没有对与错，只能说他们各自代表了一类人。我总觉得每个人的幸福也好、快乐也罢，不会有统一的标准。我毕业之初，工作十分辛苦，曾在夏日的午后饿着肚子追赶着公交车去见客户。我无意间看见睡在阴凉处的流浪汉，突然有点羡慕，也产生了一种意识：我们眼中可怜的人未必不快乐，他或许有着自己的乐趣。

后来，我在加拿大也看到过流浪汉，在这种福利完善的国家，流浪更多是他们自己选择的一种生活方式。我默认这种选择对其而言是快乐的，因为他自己的感触只有他自己知道，我们无从定义。我总在传播一种“自己想要什么”的理念，若是将这一理念想明白了，我们也就活明白了。

我也从不喜欢用世俗的三观来左右自己，我对家人和朋友说，我是活给自己的，并不是活给别人的。这并不是一种自私。家人曾经认为我为家付出了很多，承担了太多的苦楚，但在我看来，甜蜜的负担也是一种幸福。所以我总告诉他们，我只是活给了我自己，因为我同时也会劝说他们支持我在一些事情上的坚守。我希望我的家人可以摆脱不必要的世俗观念束缚，生活得更为轻松自在，不要把自己的幸福与别人捆绑，更不要将别人的幸福捆绑于自己。

这也是我一直给小米灌输的理念，也许他现在还不能全部理解，但我相信有了这样的氛围，他总能找到一条适合他的路。但是我们却不能替他做任何选择，因为我也会告诉他，要对自己的选择负责任。

这次英国旅行，我更多地希望他能在旅行中获得他想要的东西。尽管他现在还无法去衡量，但总有一日，他会意识到人生中的某个节点，在这次旅行中悄然改变。另外，我也总是认为人观念的改变是日积月累的量变所引起的质变，如果细心总结，我们会发现改变真的只是在某一时刻。我将之归纳为“咔嚓效应”，在某个瞬间，内心积淀的量变形成质变，前后两种心理会有质的区别，就像是电灯的开关，关闭的时候黑暗重重，咔嚓一声打开的瞬间光芒四射。

人生中，不可能所有事情都是完全顺意的，我们总要为想要的幸福付出点什么，就像流浪汉要承受居无定所的痛苦一样。而我们和流浪汉，各自有各自的幸福，各自也有各自的痛苦。这不过是我们如何选择的问题，或者说我们愿意享受什么样的幸福从而去承受什么样的痛苦。世上的人不可能都活成一个样子，大多数人依照世俗的标准活成了雷同的样子，却常常羡慕那些和自己活得不一样的人。我不在乎小米活成什么样子，在法律和道德允许的框架内，只要他发自内心做选择，只要他幸福快乐就好。

这次旅行的一路上，我和小米交流了很多。我喜欢在表达完我的理念后让他自己去思考和筛选，因为我的理念不会完全适用于他，他的人生只有他自己能做主。如果家长都能看到这一层，或许对眼下之于孩子的种种，就会释然很多。我们不是放任其流，只是帮其筑渠，疏通引导而已。因为没有谁能陪谁一辈子，我们从出生到死亡，会遇见很多人，会失去很多人，能陪我们走完这一生的只有自己。

初到英国，我们在伦敦住了几日，我带着他们乘公交、地铁穿行在各种名胜古迹之中。伦敦是一座古迹斑斑的城市，有太多东西可以在历史、地理等各种书籍中找到。我们去了大英博物馆、英国自然历史博物馆、泰晤士河上的伦敦桥、大本钟、白金汉宫、格林尼治天文台、巨石阵等，每一处都有着讲不完的故事，我将攻略和百度上的介绍读给他们听。

我们还去了剑桥大学和帝国理工学院。我带孩子们去这些名校，只是想让他们身临其境地感受其中的氛围。若是哪一天在书本中遇到了，他们能回想起这次旅行中的某个时刻，也值得了。我和他们的感觉是颠倒过来的。当我伫立在这些事物之间时，我总会浮想联翩，想起曾经学过的那些知识。我也曾在土耳其对着博斯普鲁斯海峡、在摩洛哥对着直布罗陀海峡静静地望了很久。当我真正站在曾在历史和地理课本中出现过的地方时，如何让我不敬畏、不沉思?

小米他们还小，无法更深层次地去体味这些事物，但我相信这种经历，会在他们不曾涉世的纯净心灵里留下厚重的一笔。具体会衍生出什么样的画卷，那是他们以后自己的事情。

在伦敦的最后一日，我要去取租用的车，准备自驾去湖区。为了方便，我们在圣保罗大教堂处兵分两路。除了我以外，他们都怯于英语沟通，所以我事先考察好回酒店的公交站点，交代妥当之后我和其中一个朋友去取车。

但事有纰漏。因为修路的原因，公交车绕行了，我考察好的那个公交站临时关闭。他们在我们离开之后，等了很久都没有公交车过来。无奈之下，小米扛起重任，硬着头皮和当地人去沟通，最后才知道要走到前面一站才能坐上回酒店的公交车。

我当时不在场，事后姐姐和我描述这件事的时候，我看了一眼淡定的小米，便知道小米突破了他人生中的某一个点，这便是我想要的效果。之前我也安排了很多购物、问路的事情给他，但有我在他总是有一种依赖性。虽然他也做了那些事，但他始终没有突破自己的畏难心理。我们总说“读万卷书不如行万里路”，或许也有这个意义在其中吧。

离开伦敦，我们在伯明翰做了一夜的停留。虽然只是走马观花，但无意中我们却遇到当地的集市。我们都格外欣喜，集市上的东西物美价廉，我们都由着性子买。小米虽然也乐在其中，但我看到了他对自己的克制。他能够理性地去选择适合的东西，还抢着提那些最重的蔬菜水果，一副男子汉的模样。他在这一过程中的表现震撼了我。

那两年，因为工作我常驻外地，很久才能和他见一面。如今的小米在他的自知自觉中长大了，不再是那个为了鲜椰汁才肯出行的小孩子了，他用自己的行动赢得了大人的尊重。有些话我当时并没有说给他听，我不想让这次旅行变成喋喋不休的说教，而且，有时候信任比叮嘱更为有价值。

我们在回程去往牛津大学的时候，正好赶上了毕业季。我们看到很多学生穿着毕业服照相，其中有很多中国留学生。姐姐很想让小米去和他们交流一些心得，却无意引起了小米的强烈反感。对此我偏袒了小米，告诉姐姐己所不欲勿施于人。小米有他感受这一切的方法，我能够从他面对这些牛津学子的眼神中读到很多东西。有时候感受存在内心的深处会更美好，我理解，也支持他。当然，我在离开牛津的路上，也向小米解读了姐姐做这些事情的初衷。他也表示了理解，并用最为笨拙的方式向他妈妈表示歉意。

在湖区的几日，我由着他们尽情玩耍。我自驾在林荫乡路，带着他们穿过草地去湖边探险，还去了彼得兔的故乡波尼斯。

整个旅行中，对于小米的诉求，我都尽量满足。我让他吃他喜欢的食物，让他买他感兴趣的东西。我希望他能释放孩子的天性，享受这一刻。姐姐说我过于宠溺他了，其实并不然。我知道隐藏在小米这些诉求背后的是什么，他得到的不仅仅是表面的满足与快乐。我也曾少年，他正是少年。

现在的小米已经在读高中，还有一年时间就要高考了。英国旅行之后因为学业紧张，他也没再出去旅行。他也偶尔念叨着要去北欧，或是其他的地方，但都未能成行。

对于养育子女，我认为是爱的传承。既然是爱就要纯粹一些，附加过多的“望子成龙”之类的理念，就失去了爱的本质和目的。孩子无权选择出生在什么样的家庭，他应该有权选择过一个什么样的人生。我希望小米可以拥有他自己想要的人生和幸福。

在某年的春节，我写了一段话赠予小米：“以爱待人，爱己，爱亲友，善众生。以律束己，明律，严束己，宽他人。以鸿立志，存志，忌顽物，心天下。以学为终，勤学，日省身，授于人。”期望对他未来的人生有所助益。

四、首尔情结

来去匆匆地旅行了数年，我不曾想着要去韩国。虽然这个国度离中国很近，很多国人的旅行起点也都在韩国，我却不知道该去那里做什么。那里的人文古迹和自然风光似乎都不足为奇，也提不起我的兴趣。

在北京读研的时候，我可以凭北京身份证办理 5 年间多次往返韩国的签证，索性就办理了。我想着也许哪天我起意想去韩国，那就可以去了。2015 年的五一假期，因为没有更多的时间，去不了更远的地方，我就临时买机票飞了首尔。出行前我连攻略都懒得看，就这么没做任何准备地去了。

然而，虽然这次是第一次去韩国，但却不是最后一次。后来各种阴差阳错，时至今日我已经四次到访首尔。首尔也渐渐地成为我旅行中到过最多的国外城市，在那里积累下的点点滴滴也让我对这座城市有了不同的情结。

这座城市还是“汉城”的时候，我便知道了。小时候，我的家乡会有很多人作为劳力输出到这里打工。那时我觉得这座城市好遥远，我不知道怎样才能到达。众人口中的这座城市我也想象不出来是个什么样子，只是知道这座城市的存在。

说起首尔，我会先想起它的夜色，或许是我在这里的夜晚多于白天的原因吧。夜晚中的首尔，安静而不寂寥。南山公园里的首尔塔霓虹闪烁，守望着这座城市。我会跻身在明洞熙熙攘攘的人群里漫无目的地走着，也会呆立在街边看车水马龙；我会漫无目的地走在巷子里看都市夜归人，也会在东大门的咖啡厅里闲坐。深夜若是饿了，我可以在便利店里吃份泡面或简餐。总之，在这座城市的夜晚，有很多事可以做。

我每次都会选择住在明洞附近，这里不仅有最撩人的夜色，还有我最喜欢的美食，尤其是明洞饺子家赠送的泡菜格外好吃。我小的时候，母亲也做泡菜。每年秋天，菜园子里的辣椒红透了、白菜长结实了，母亲就会忙碌着做泡菜。那时候总是吃不出其中的美味，可如今却很怀念了。韩国并不是一个资源丰富的国家，粮食依赖于进口，饮食方面也没有像中国那样花样繁多。但是韩国美食却也自成一种文化，泡菜便是最杰出的代表，也让我深爱。

我第一次到首尔的时候，之所以没有事先做很多攻略，就是希望这种毫无准备会让我经历更多有趣的事。下了飞机，我坐地铁去市中心。我在机场的便利店买了一张地铁卡，然后循着标志走向地铁站。

午夜中的地铁没那么拥挤，我坐在车厢里时而望向窗外寻找一丝光亮，时而看看车里不同的人，那一刻心里格外踏实。我住在明洞旁边的一间青年旅社，下了地铁按照酒店的指示图很容易就找到了。

我住的是四人混合房间，我的下铺是一个中国女孩。她在加拿大读书，这次是回国探亲后返校，她要经由韩国、日本转乘回加拿大，在韩国顺便游玩一下。那位女孩高高的，有一点胖，我是在吃早餐的时候才和她搭上话的。青年旅社提供的早餐是泡面和面包，她烧了热水，我犹豫着不知道该用英语还是汉语和她交流的时候，她说了一句话我却没有听清楚，但我知道她允许我用她烧的热水泡面。

在首尔，我看见亚洲肤色的人并不敢贸然认为是中国人。坐下的时候，我用英语和她打了招呼。结果她诧异地用英语告诉我她也是中国人，我尴尬地笑了。她说她刚才用中文和我说水开了，我笑着说自己并没有听清楚，就这样我们认识了。我得知她还有两天就要离开首尔去日本。

吃过早饭，我们一起去地铁站。我要去景福宫，她要去梨花女子大学，是不同的方向。地铁站旁有一间便利店，她兴冲冲地走进去，说要买个香蕉牛奶喝。我还没反应过来就跟着她进去了。香蕉牛奶是韩国特有的一种奶制品饮料，她说这个很好喝，她每天都会买一瓶。我笑着也拿了一瓶要尝试一下。我本来就对奶制品没有什么抵抗力，后来我每天出门的时候，也会在这家便利店买上一瓶香蕉牛奶。我对首尔美食的尝试似乎就是从这一瓶香蕉牛奶开始的。

后来，我凭着攻略去找明洞饺子、凤雏鸡、参鸡汤、通仁市场里的大酱汤、弘大旁边的部队火锅，还有我费尽力气找到的酱油螃蟹。那是我第一次吃掉了一整只生螃蟹，也是至今唯一的一次。虽然我不适应这种美食，但印象却极深。或许很多事，尝试一次就好，没必要恋恋不舍地贪恋太多。

即将离开首尔的晚上，女孩收拾完行李，手里拿着一支巨大的彩虹棒棒糖，喃喃自语。我以为她在和我说话，便问她怎么了。她看着棒棒糖说自己纠结要不要吃掉这个棒棒糖，我看着她忍不住笑了。我理解她的纠结，要在晚上吃完那么大一支棒棒糖，的确需要很大的勇气。最后她还是吃完了棒棒糖。我和女孩互留了联系方式，虽然后来我们没怎么联系，但我依旧记得她。

首尔留给我的旅行记忆就是我一个人背着包，逛逛吃吃，但我很享受在孤独中寻觅美食的感觉。来过几次首尔，我慢慢熟悉了这座城市。起初我乘坐公共交通工具穿行在城市中，后来我在各种巷子里徒步，走累了就找个咖啡厅坐下歇息，喝一杯咖啡，看着窗外，想着自己的闲事，或是欣喜或是忧伤，一切都是刚刚好。

5 月的首尔，刚好春暖花开，让我格外喜爱。景福宫的园子里郁郁葱葱、花团锦簇，我坐在长椅上一点一点地去观赏，就像拍电影似的一幕一幕地体味、琢磨。我也曾见过秋意正浓的景福宫，园子里有几株并不高大的山楂树，但果子都红透了。

景福宫的宫殿楼宇对我而言没有什么吸引力，反而是北村韩屋村的传统民居建筑更让我感兴趣，这里曾是古代官宦居住的地方。还有个南村韩屋村，那里更像个公园。北村韩屋村在景福宫的北侧，闲逛其中，一间博物馆或者一个旧时的校园便能让我收获惊喜，就连街边一家又一家的小店都会让我望而止步。我走进去搜集着自己喜欢的小物件，满满的一大包提在手里，满足感油然而生。

我也坐了很久的地铁，去看“江南 style”，可惜去得太早，当时天又阴着，街上看不到什么人。我找了一间刚开门的餐厅，坐在窗边随意吃了点东西。我感觉暖暖的，竟有点不愿再走出去了。

那一次，我在首尔做了很多事，却好像什么也没做一样。但还好，第一次到访，至少我没有讨厌这座城市。后来我将其总结为不期望就会有惊喜，我能再来，也许和这也有关系吧。再次去首尔是我提议公司将韩国作为团建目的地，但在我的理解里，这算不上一次旅行。那次我们去了济州岛，在首尔匆匆而过。我们去了几处我去过的地方，还去了几处我没去过的地方，但那些地方没有在我的内心留下什么痕迹，就这样走过了。这样也好，我没有用心去体味，所以就像没来过一样，这不影响我对首尔的记忆。

第三次到首尔不在意料之中，说是与这座城市的缘分可能更有意味。我去巴厘岛时，因为忘带护照错过了飞机，我随机买了一张票，刚好要到首尔转机，我便在那里停留了一晚。我住在明洞里面的一间酒店，驾轻就熟地乘坐地铁，到酒店的时候已是傍晚，刚好能看到我喜欢的首尔夜色。

入住以后，我直接奔向了明洞饺子馆去饱餐一顿。其实明洞饺子卖得并不是饺子，而是我们称之为馄饨的一种面食，卖得最火的也是我最喜欢吃的却是他家的招牌面，就着泡菜一起，简单而真实。

那一晚，我一人穿过小巷去了南山公园，去看夜灯亮起的首尔塔。据说在塔上可以看见整个城市的夜景，但我并不是为俯瞰全城的夜色而来，更多的是想找点事情做。4 月初的首尔还是有些冷的，我一个人朝着塔的方向走。我没有看地图，如果走不到，或者错过了，我也无所谓。

好像很多城市都会有这么一座塔，上海的东方明珠塔、多伦多的 CN 国家塔、西雅图的太空针塔、伊斯坦布尔的加拉太塔、吉隆坡的城市塔等。我没有刻意去记过，也许还有被我遗忘的，但能存在我旅行记忆中的，总是好的。

那晚南山公园的首尔塔，我很喜欢。下了塔，已近午夜，街上的行人少了很多。我换了一条路回酒店，凭着感觉走着。中途遇见一家便利店，我通过窗户看见里面有人在吃夜宵。我犹豫了一下走了进去，买了一盒牛奶。犹豫是因为不知道进去该买点什么，但我不想错过体验这种城市夜归人的感觉。

我一个人在货架前仔细地寻觅，忽然觉得应该买一盒牛奶，那就买一盒牛奶吧。我不知道在这座城市里会有多少人像我一样是演绎出来的夜归人，橱窗前坐着吃面的男人也许算是一位吧。

这个时节樱花开了，但我没有去看。第二日，我在明洞随意地逛了一上午，买了些东西，吃了一份参鸡汤，便乘地铁去机场。临走的时候，我有点眷恋，我暗暗地告诉自己有时间再来吧，哪怕只是度个周末。对这座我曾经不屑一顾的城市，我竟然有了些许情感，虽然我也不知道缘由，但终归是有了。

最近一次去首尔，便是 2017 年的十一假期过后。我与 3 位朋友一行 4 人来到这里，我充当向导。下了飞机，我就在机场的便利店里买了香蕉牛奶诱惑他们，只是香蕉牛奶近两年在国内已经很容易买到，没有那么稀奇了。但对我来说，喝的却是一段回忆。

我带着他们几个人逛逛吃吃，我们来这里并没有什么目的，只是他们想和我一起出行，我刚好想来首尔。秋天的首尔闻不到那种夹带泥土和果实香气的收获味道，但也别有滋味。我就是在这时邂逅了那几株山楂树的。

4个人和1个人的感觉还是不一样的，少了我喜欢的孤寂流浪感，但也多了很多欢乐，这也让我与这座城市的相遇有了很多不同。当我走过很多我曾经走过的地方时，我的脑海里总会不断地遐想。我站在明洞教堂里的时候，我想起我第一次来的时候在教堂里听了1个多小时唱诗所带给我的那份心定神怡。当我第三次站在青瓦台前的时候，时间的流逝、世事的变化让我有无限的遐想。我不禁在想，人生风光几时、落魄几时，哪些事又是我们自愿的。我们能左右的事情很多，不能左右的事情更多，留给自己一点缝隙透口气，总是好的。

朋友们第一次来首尔，我刻意地安排一些不同于以往我来首尔的行程，避免我因足迹过多的重复而败了兴致，从而影响他们的兴致。我们一起在明洞寻找我记忆中的美食，可惜明洞还是有些变化的。我有些慌了路，心里暗暗嘲笑自己，自认为熟悉的地方却失了方向。

我们一起沿着清溪川走向光化门广场，恰巧遇见韩国的“警察日”活动。现场实战演习，聚集了好多人围观，乒乒乓乓的枪声，还有直升飞机和高楼救援，让人跟着一阵一阵紧张。实战演习结束后，平时严肃的警察跳起欢悦的舞蹈，俏皮又可爱。

我们一起坐公交车去梨花女子大学，跟着学生们进进出出各种商场，我再次找到了通仁市场里那家做大酱汤的小店。只是回忆大于味道，我感觉没有我当时一人行时品尝到的那么美味了。我也会和他们讲述着我曾经在这座城市见到的事情和发生的事情，这些都是我的经历。

逐渐地，我很在意我会在旅行中经历什么。但我并不是一个足够外向的人，我没有勇气去邂逅每一个人、每一件事。有时候，我会想在这座城市生活一段时间。尤其是我走在街上穿梭在人流中时，我尽量掩饰游人的身份。我想像普通的当地人一样钻进一家小餐厅，和好友寒暄着，喝一杯清酒，让时间静止在眼前。

或者，我应该居住在某处民宅里，早上吃过早餐收拾妥当，煮一杯咖啡，坐在挨着窗户的桌边，敲打着键盘，累了就抬头望向窗外，看看街上的景象；午时出去吃点东西，顺便在附近的超市买些食物，备作晚餐，如果不赶着回去，就找一处阳光正好的角落，席地而坐，就那样待着；晚餐要自己下厨，哪怕只是简单的大酱汤配米饭，也好；夜深人静的时候，低低地放着音乐，守在电脑前继续敲字。若是哪天我觉得腻了，背起包就离开这里，去下一站，想回来的时候，就再回来。

能在一座陌生城市里任性地生活是一种幸运。懋平先生旅居海外 10 余年，用文字记录了这些地方的动人之处。那些经历化作文字瑰宝，每每拾起，我总会有些感伤和心痛。如果她还在就好了，或者她没有选择那样一种方式结束自己的生命也好。

很抱歉，首尔这座城市让我遐想了很多事情，顺着思绪就写了下来，但这也是首尔这座城市带给我的。也许以后我会在另外一座城市有着同样的遐想，但那时我也许还是先想到首尔这座城，我曾多次行走过的一座城。

后 记

本书至此虽然结束了，但仍有很多关于以往旅行的经历因为些许缘故没能成文，我也会以不同的形式在我以后的文字中体现。写完这本书，我略有成就感，毕竟这是我第一次写作成册。但这些文字我总觉得还是有些浅薄，没有达到我想要的深度。这主要受制于我当下的学识和写作水平，我也会通过不断的学习提升文章水准。

新冠肺炎疫情结束后，我希望能够再次踏上征途，开启我的旅行生活。同时，我也很惭愧，我陪伴父母旅行的次数并不多，也只是去过几个东南亚国家。疫情结束后，我会花更多的时间陪伴他们出行，希望他们的晚年生活更有意义。

结束之时，我难免要说几句感谢之言。感谢我的父母和家人，是他们对我的爱与包容，让我的生活有了温度和宽度，谨以此书献给他们。同时，我也要感谢一直宠溺我的几位挚友，让我在这个年纪依旧可以如孩子般任性，他们的陪伴让我的生命更加精彩。我也感谢两位好友对我出版本书的资助。

最后，期望这些文字能够成为一束微光，让读到的人可以看见生活的可爱和人生的美好。